発達障害なんのその、それが僕の生きる道

上野康一・上野景子・上野健一【著】

東京シューレ出版
Tokyo Shure Publishing

「発達障害」という生き方

大正大学教授・(財)日本ダウン症協会理事長
玉井邦夫

発達障害という言葉はとても混乱した使われ方をしています。医学的に言えば、発達障害には知的障害もすべて含まれていて、そうした方々の多くは現在の福祉制度下では療育手帳を取得することでサービス保障を得ています。わが国における「障害者」は伝統的に知的・身体・精神という「三障害」に体系化されていて、そのすべてについて「手帳の交付→年金受給」という制度設計になっています。ここには、「三歳で障害児と判定された子は成人すれば確実に障害者になる」という恒久的な個人の属性として障害をとらえる考え方があります。ところが、平成十七年に施行された発達障害者支援法は、こうした旧来の「障害」概念に当てはめることができず、なおかつ何らかの支援を必要とされる児者を対象としました。いわば、行政的には発達障害とは「これまでの障害者には入らない障害者」という意味合いで用いられている言葉なのです。ですから、そこには手帳制度がありません。しかし、そうした制度的な違いにとどまらず、実は発達障害という概念の登場は、わが国の障害観に対する革命的な「思想性」を持っているのです。それはつまり、「二次的な発達の歪みを防ぐためには支援のパスポートとして『障害名』や『診断』がついたとしても、適切な支援の末に成人する時点では『そういう人』であってもいいし、そうあり得る」という考え方です。いわば、発達障害という概念は、障害というものを個人の特性としてよりも、人と人との関係性としてとらえることへ軸足を移そうとするものだと言ってもいいかもしれません。

さて、関係性として障害をとらえる場合、「その人がどういう人か」の分析よりも、「その人は今、どのような生きにくさを抱えているか」という評価が大切になってきます。こんなジョークを考えてみてください。「大阪で生まれ、大阪で育ち、大阪で暮らしている中学生が二人いる。ひとりは熱狂的な巨人ファンになってしまった健常児。もうひとりは年鑑を完璧に記憶するほどの阪神ファンに育ったアスペルガー障害の子。教室の中で生きにくいのはどちらか」。もちろんジョークです。しかし、「生きにくさ」という曖昧な感覚を評価していくうえで、「その子」の特性よりも「その子と周りとの関係」の方が重要になるということを理解するうえでは意味のあるたとえではないでしょうか。発達障害への支援システムを構想していくうえでは、関係性の崩れをどのように防ぐかという観点がきわめて重要になるのです。それは、発達障害という名の「生き方」に対する支援と言ってもいいかもしれません。障害者の権利条約批准に向けてわが国で今起きている議論の中で、障害の医学的モデルから社会的モデルへの転換という考え方がしばしば指摘されますが、その主張も「生きにくさ」を環境との関数としてとらえようという視点です。

関係性としての障害を最小限にしていくためにどのような課題があるのか。それは、発達障害という生き方をどのように支えるのかという課題です。昨今の、何でもかんでも発達障害に結びつける風潮について私自身は懐疑的ですが、それでも確かにこれまでの障害概念ではとらえきれないようなニーズを抱える子どもたちが数多くいることは見えてきました。そのような眼ができたうえで世の中を見渡してみると、社会にはなんと多くの「発達障害っぽい」大人たちが生きているのかということに気づかされます。その人たちの多くは必ずしも「不適応」になっているわけでもなく、自分のことを「障害者」だとも考えていません。しかし、残念ながらその人たちの中には虐待やＤＶの被害者・加害者として私たちの前に現れる人も多いのです。しかし、彼（女）らは、おそらく過酷であった人生体験を通じて、ある程度の社会生活の水準にたどり着きながら、しかし心に何本もの棘《とげ》を刺し込まれています。彼（女）らの人生からその棘だけを取り去ることができるか……それが、発達障害という概念に出会った社会に問われている課題なのでしょう。

仕事柄、成人期を迎えた「発達障害」と言われる方たちと会う機会が多くあります。成人期の生活の質をもっとも左右していると感じられる要素はふたつあるように思います。ひとつは自己認知、そしてもうひとつが仲間の存在ということです。このふたつは、もしかすると一枚のコインの裏表なのかもしれません。

自己認知は、何も「～障害」というレッテルを必要とするものではありません。自分の好き嫌いや得手不得手を理解しているということと、その理解に基づいた現実的で支持的な人間関係を持っているということです。自分がどんな状況を苦手としているか、誰に何を頼めば乗り切れるのか、そのことを知っているということが自己認知です。そのような自己認知にたどり着くには、幼い頃からの人間関係で適切な試行錯誤がくり返されている必要があります。そして、そのような人間関係の集大成とも言えるのが仲間の存在だということになります。

仲間とは、親にも、教師にも、その他もろもろの支援者にも、決して代替することのできない存在です。もっともらしい書き方をしていますが、「自分とレベルが合っていて、安心して自己表出のできる人間関係」が生きていくうえで不可欠の要素だということは、私たち自身の経験としてもうなずいていただけると思います。自己認知にしても仲間の重要さにしても、何も「障害者」だから大事だということではありません。

本来、「障害」と「健常」は完全な連続線上にあります。しかし、制度は、その連続線の一点を指定して、その向こうは「障害」であると規定します。そう規定しなければサービスは組み立てられないからです。そして、この一点を決めやすい——換言すれば「健常」との「異質性」をイメージしやすい——状態から制度は作られてきました。視覚・聴覚の障害や身体障害などは、中世近世からすでに一定の社会的配慮の対象と考えられていました。しかし、こうした「異質と見なす一点」をもっとも定めがたいのが知的能力です。それだけに、知的障害の有無という要因は、教育を中心に「障害があるかないか、『普通』の環境でやっていけるかどうか」を決定するうえでのルビコン河になっていました。その一点を安易に動かしてしまえば、「障害」と「健常」の区分に基づく制度自体が崩壊しかねないからです。知的障害や自閉症の「発見」が、感覚や身体機能の障害よりもはるかに遅れたのも、その障害の「わかりにくさ」のためでしょう。そして、「見えない障害」と呼ばれた自閉症の発見からさらに数十年を経て私たちの前に現れたのが発達障害です。そして、現在使われている発達障害という概念の登場は、「特殊なニーズ」があるかどうかの判断を、ついに知的な遅れの有無から切り離すことになりました。それは、限りなく「誰にでもある状態」でありながら、個性だという言い方でくくってしまうにはあまりにもリスクが大きいという状態です。それだけに、個人や社会・文化に対して、根源的な省察を求めてくるのです。

さて、この本の中に、「発達障害という生き方」を存分に示してくれる青年が登場します。ぜひ、「自分にもある何か」を見つけていただきたいと思っています。

はじめに

息子は今年、年男。早いもので二四才になりました。

私たちの子どもに発達障害（最初はＬＤ、後に高機能自閉症）があるとわかったのは、今から十七年前の小学校一年生の冬でした。

当時は障害の存在が社会に知られていなかったため、息子は学校でいじめの標的となり、私はしつけのできない母親というレッテルを貼られ、ＰＴＡ、地域、社会から排除されてきました。他人が信じられず、自暴自棄な生活を送っていた私を支えてくれたのは、夫婦二人で立ち上げたＬＤ児理解推進グループ（現在は高機能自閉症理解推進グループ）『のびのび会』の仲間と周りの理解者でした。特に『のびのび会』のメンバーは、みなさん私と同じようにつらい思いをされていたので、啓発への意気込みは強く、一人ひとりが結束して次第に大きな力となっていきました。今ではかけがえのない友となりました。感謝感謝です。

この本は「ボクもクレヨンしんちゃん」（教育史料出版会）、「わらって話せる、いまだから」（東京シューレ出版）に続く第三弾の本です。前の二冊と違うところは息子が自分のことを語っていることです。

発達障害者本人の手記というのは珍しいかと思います。本人が書いた原稿とインタビューをもとに出版社の方がまとめてくれました。親からの視点と息子からの視点がある時は重なり、ある時は逆だったりといろいろな場面がよりいっそう立体的になってくるかと思います。そんなズレや重なりを楽しんで読んでいただけたらありがたいです。また、夫の健一は発達障害についての理解をわかりやすく解説しています。

一人でも多くの方にこの本を読んでいただき、発達障害者の世界に入ってきていただけることを願います。

なお、この本は「わらって話せる、いまだから」の改訂新装版でもあります。あらかじめ、ご了承のほどをよろしくお願いいたします。

上野　景子

◉もくじ

第一章

発達障害の僕が語る、僕の歩む道

第一章

発達障害の僕が語る、僕の歩む道

上野康一（仮名）

§ ハローワークから新たなスタート

二〇一〇年二月二五日、今日はハローワーク横浜が主催する『障害者合同就職面接会』だ。朝起きて「仕事がここで決まればいいな」と思いながらご飯を食べた。慣れないスーツとワイシャツを着て、ネクタイを締める。

久しぶりの面接に気分はドキドキ、でも内心はちょっとワクワクしている。昼前に自宅を出発して、慣れない電車に乗って横浜市中区関内にある、横浜文化体育館へ向かった。ふだん僕は車で移動するのが基本だから、電車を使うのはおよそ二か月ぶりだった。

合同面接会は十二時三〇分開場、午後一時から企業との面接が始まる。

十二時十分に着いたら、もう開場待ちの人が千人近くも並んでいた。僕はこんなにいるとは思ってもいなかった。あまりにも人が多いのでびっくりして、一瞬「これは無理だ」と思って帰ろうとしたら、いっしょに来た母が「せっかく来たんだから、とりあえず会場に入ってみようよ」と止めた。

しかたなく列に並び、開始時間を待つことにした。

二月上旬にハローワークで『二〇一〇・よこはま　障害者合同就職面接会　求人一覧表』を受け取り、自分の条件に合いそうな仕事を探した。目次に部位別応募歓迎求人一覧があり、『肢体障害』『車椅子』『内部障害』『視覚障害』『聴覚障害』『知的障害』『精神障害』と分かれている。そのなかで『精神障害者応募歓迎求人』のページを見ながら、働けそうな会社を選んだ。

そして「マリン」と「大型鋼船の建造・販売および修理」にひかれて、S社の仕事に興味を持った。

当日はまず最初にS社の面接ブースに向かった。必要な経験、免許資格には「フォークリフト免許（玉掛けあれば尚可）」とあったが、僕はその免許を持っていない。とにかく話だけでも聞いてみようと思ってイスに座った。僕の前に二人が並んで座っていた。とても人気がある会社なので、僕のほかに十人ぐらいいた。だんだん心配になっていった。

最初の人が呼ばれ、面接で話している内容が聞こえてくる。

「今日は何で来ましたか？」

「はい、車です」

そして免許の話も聞こえてきた。

「免許はフォークリフトとクレーン玉掛けは持っていますか？」

「はい持っています」

そう、この会社はフォークリフトとクレーンの仕事がメインなのだ。

僕にはその資格がないので少し不安になってきた。

最初の人の面接が終わり、次の人に順番が回ってきた。

面接官は同じように「フォークリフトの免許は持っていますか？」と聞いている。

「持っていません」

「車の免許は持っていますか？」

「車の免許は持っています」という面接中の会話が聞こえてくる。

僕はこの仕事に使える免許があるのか、ますます不安になってきた。

§面接官と僕とのやりとり

そして、僕の面接の順番がやってきた。

面接官から「三番の方どうぞ」と呼ばれた。

ここでどうにか仕事を決めたいから、小型船舶一級・特殊〔水上バイク〕と特定〔二種免許〕を握りしめて面接に向かった。

まず、僕からあいさつをする。

「よろしくお願いします」

「よろしくお願いします。お名前は?」と面接官から聞かれる。

「上野康一です」と答える。

「上野君の履歴書、職務経歴書を見るから少し待ってね」

「はいわかりました」

「上野君はフォークリフトの免許は持っていますか?」

やっぱり聞かれた。ドキドキする。免許を持ってないのに面接をしているので困った…。

「持っていません。ですが、小型船舶一級特殊特定を持っています」と免許を差し出した。

船舶関係の会社だから小型船舶の免許を持っていれば、なんとかなるかもしれないと考えていたのだ。

「小型船舶一級はすごいね」

やっぱりすごいんだなと思った。自分のことを評価されて少し安心した。

「ほかにも自転車安全整備士、自転車技士の免許を持っています。自分の履歴書の資格欄はすべて埋まっています。それ以外にもアマチュア無線、ファイテン初級、スポーツバイク養成の免許を持っています」と話した。

「以前は自転車関係の仕事をしていたんですね」

自転車のことだと、うまく話ができるので気が楽になってきた。

気持ちが少し落ち着き、ホッとした。

「そうです。自転車の整備と修理、販売で接客をしていました」

「履歴書を見ると、三年間は自転車関係で働いていましたが、自転車のバラシと組み立ては何分ぐらいでできますか？」

「はい、バラシは六〇分で、組み立ては九〇分です」

「なぜ退職をしたのですか？」

「会社の上司とだんだん合わなくなってきたので辞めました」

「どんなことで合わなくなったのかな？」

やはり気になるのだなと思った。

「接客の声が小さいとか、休みが取れないとか、苦痛を感じることが多くなっていきました。人事部にも連絡しましたが、会社は何も対応してくれませんでした。障害があることを知っていて採用しているのですが……」

「そうですか……、残業はありましたか？」

「残業は多い月は七〇時間近くしていました」

「なんでそんなに？」

「土日に売れた自転車の整備をしていたのと、閉店後に入荷した自転車を組み立てて、注文の自転車を早く売るため、販売可能な状態にしていました」

「ほかに担当されていた仕事はありますか？」

「自転車のパーツをパソコンで発注していました」

「パソコンは得意なの？」

「それなりにできると思います」

「パソコンができるのならエクセル、ワードはできるかな？」

「はい、一応エクセル、ワードは使えます」

パワーポイントで講演会ができるレベルで、自分としては生きるためのパソコン操作は身についていると思っている。

「それなら、設計部で図面をパソコンに入力していく仕事が、上野君には合っているかもしれないね」

瞬間、設計部でパソコンの仕事はやりがいがあるなと思った。

「入力だけならできます。設計はもちろんできませんが」

ここで前の仕事の話がなくなり、なごやかな雰囲気になった。

「ところで英語を読んだり、話せる？」

この仕事に英語ってなんだろう?と考えてしまった。

「英語はほとんどわからないです」

「上野君なら英語もできるよ」

「英語は直接の会話やかんたんな単語だったら少しはなんとかなるかもしれないけれど、文字になるとできません」と答えてしまった。

「合否は後日連絡します。合格の時は、次に会社で面接をします」

「わかりました。よろしくお願いします」

この面接は約二〇分近くかかったような気がした。

会場から出ると、前の会社で同僚だった人が「上野君！上野君！」と呼んでいた。僕は障害があることをその人に伝えていなかったので、僕がこの会場にいることにびっくりした様子だった。その人も今は転職して作業所で知的障害者のサッカー指導や就労支援士をしているそうだ。後日、電話でも自分の障害について話したので、理解をしてくれたようだった。

§面接をクリア

そして翌日に「会社で面接をしますから来てください」という連絡があり、とてもうれしかった。障害者就労支援センターの方もいっしょに行くと言ってくれたが、会社の方からは一人で来てくれと言われた。

一週間後に会社へ電車とバスを乗り継いで訪ねた。とても緊張していたが、会社の門にいた守衛さんが「エリが曲がっているよ」と声をかけてくれたので、少し気持ちがやわらいだ。

そして会社での一次面接が始まった。

「お酒は飲めますか？」

「はい、飲みます」

「暑い、寒いがはげしい仕事でも、大丈夫ですか？」

「ええ、大丈夫です」

「３Ｋ（危険・きつい・汚い）だけど大丈夫ですか？」

「はい、大丈夫です」

この時は、僕はパソコンを使って数値を打ち込んだりする、設計のサポートという仕事を考えて話していた。

その後二次面接があり、会社を見学した。工場内を一時間ほどかけて歩いた。溶接機の修理をしているところがおもしろそうだと思って、その現場を見ていたら、最終的にその仕事に決まってしまった。

三次面接では「溶接機械の修理、たまに自転車の整備もしてほしいけれどいいだろうか？」と聞かれた。最初は汚れない、きれいな仕事をイメージしていたが、僕自身は機械をいじくったりするのが好きだから、「やります」と答えた。

ここまできたら引き下がることはできないので、『どんな仕事でもやろう』『死ぬ気でやってやろう』と思っていた。

「資格も取ってほしい」と言われた時には、場合によっては英語も覚えなければならないのかなとちょっと不安を感じた。

さらにいろんな質問が出てきた。

「あなたはいったいどんな障害ですか？」

「見た目は普通ですが、長くつき合えばわかると思います」

（そんなにすぐに障害がわかるなら、もっと楽に暮らしてこられたと思うが……）

「北海道にはなぜ行ったの？」

「中学校の時に不登校をしていたから、不登校の生徒が入れる北海道の北星余市高校を選びました」

「いやなことがあったら、会社に来なくなってしまいますか？」

「そんなことはありません。学校とは違い、仕事は死ぬ気でやります」

「沖縄にあるリハビリの作業療法の専門学校へも行ってるけれど、畑違いの仕事でも大丈夫ですか？」

「はい、問題ありません」

自転車屋に行った時点で畑違いなので、そんなことはどうでもよかった。

「食べ物で好き嫌いはありますか？」

「酢が入ってるものは食べられません」

「みんな、好き嫌いがあるから普通だね」

そして僕からは「給料」のことを聞くと「時給八五〇円から一〇〇〇円の間で検討します」と言われた。前の会社は時給九一〇円だったことを話すと試用期間はこの時間給ということだった。それでも以前の仕事は働いている時間が長い日もあったり、休日が不規則だったので、土日が休みになることはうれしかった。

トライアル雇用での募集だったので、僕は給料よりも気になっていることを聞いた。

「正社員になれますか?」

「がんばればなれる」という答えだった。

全部で四回の面接をクリアして、僕は採用されることになった。

面接では初めて会う人からいろんなことを聞かれたけれど、緊張して答えることができない場面もなく、わりあいスムーズにいけたと思う。

§工場で働く僕の一日

二〇一〇年三月、僕の人生で何度目かの新しい一歩がスタートした。新しい職場は大工場で、半年ほどかけて大型船が形になり、海に浮かぶ。

仕事の内容は溶接機械の整備、修理、製作（使いやすいように作り変える）で、働く時間は午前七時五〇分から午後五時十分である。部署には十六人が働いているが、同じ作業をするのは四人だ。工場の中には大量の溶接機械があって、いつでも整備や修理は必要なのだ。

入社して最初の三週間は溶接の研修を受けたが、すぐにはなかなかうまくはいかない。とにかく作業する場所が暑い。仕事のやり方がわからないから、一週間ほど先輩のとなりで見ていた。ようやく自分でも修理ができるようになっていった。溶接メーカーの講習会にも行って、仕事を覚えてきた。たまに、部品作りの練習で溶接をやり過ぎて、溶かしてしまうこともあるが、仕事では大きな失敗をしたことがない。

溶接機械の故障はほとんどを自分たちで修理、整備している。自分たちの手に

おえないとメーカーに修理をお願いするが、メーカーでもお手上げ状態の時もある。そんな時はなんとか自分たちで使えるように改良している。

工場ではロボット溶接で鉄板をつなぎ、大きくしていって、船にしていく。大きな機械、大きなクレーンがうなりをあげて動いている。

僕の一日はほぼこのようなパターンだ。

午前六時、起床。テレビの『ズームインスーパー』を見る。

六時二〇分、トイレに入る。

六時二五分、朝ごはんを食べる（ご飯にお吸い物、焼魚、卵焼、ハムエッグなど。パンは絶対に食べない）。

六時四〇分、歯を磨き、顔を洗う。

六時四五分、寝巻から私服に着替える。

六時五〇分、車に乗り込む（加藤ミリヤや西野カナのアルバムやＤＪＫＡＯＲＩのＪＭＩＸなどを聴いて通勤）。

七時、途中のコンビニ（セブンイレブン）または吉野家で昼飯を買う（昼飯は会社指定の弁当屋が入っているが、酢が入っているおかずが多いので、自分が食べられるご飯を買って行く。入社した半年間ほどはカップラーメンと弁当の日が続いた)。

七時二〇分、会社の駐車場に着く。敷地内にある仕事場まで徒歩十分ほどかかる。

七時三〇分、仕事場に到着。タイムカードがなく、自己申告制。会社のトイレで用をたす。

七時三五分、作業着に着替える。

七時四〇分、控え所(着替えをしたり、昼飯を食べる場所)から職場に向かう。

七時四五分、いつも通り「おはようございます」と職場の人にあいさつする。

七時五五分、朝の軽い打ち合わせをする。

八時、準備体操をする。

八時十分、朝礼をする。

八時二〇分、その日の危険作業をチェックして、どんなことに注意して仕事をするか、考える。

八時二五分、点検簿にサインをする。

八時三〇分、その日の修理品を確認して、できるだけその日に修理を片付けることを考えて作業をする。

十時、十分の休憩をとる（みんなでばか話をしている）。

十時十分、作業開始する。たまに現場で修理をする。

十二時、昼のチャイムが鳴り、仕事を切り上げて、手を洗い控え所に向かう。

十二時五分、控え所でみんなといっしょに昼飯を食べる。

十二時三〇分、トイレに行く。

十二時四〇分、歯磨きをする。その後のんびりする。

午後一時、チャイムが鳴り仕事開始。修理がなければ部品作りなどをする。修理があれば修理。現場の意見（改善すること）を聞いて物を作る。

三時、チャイムが鳴り、十分間の休憩（コーヒーを飲んだり、その日のおもしろい話をする）。

三時十分、仕事開始。修理済みの物をホワイトボードに書く。

五時、チャイムが鳴り仕事終了。一日の勤務表を書く。

五時二〇分、退社。残業はほとんどない。

六時、帰宅。夕食、お風呂、テレビなどを見て、のんびりする。十時から十一時にかけて寝る。時にはテレビの『ニュースゼロ』を見て十二時に寝ることもある。

この会社に採用になった最初の一か月ほどは車でなく、電車で通勤していた。電車は疲れるし、車のほうが便利なので、会社に車通勤の申請を出したが、駐車場の空きを待ってくれと言われた。

会社には身体に障害がある人もいる。僕と同じような障害を持っている人はいるかどうかわからないが、「オウ！　オウ！」と声を出しながら大きな機械を動かす人、いつも「ブツブツ」言っている人など、いろんなタイプの人がいる。

僕は人と会うのは嫌いではない。初めて会う人でもあまり緊張しない。「ほん

とうに障害があるの？」とよく聞かれる。説明しても理解されないかもしれないので「そのうちわかりますよ」と答えている。

学校の勉強ではできないことが多かったけれど、仕事では作業の工程書や説明書などは読めるし、計算は電卓があるから問題はない。パソコンは入力ぐらいはできる。ただ、文章を書くことは苦手だ。いっしょに仕事をしている人は僕のできること、できないことを認めてくれているので、大きなトラブルはない。

たまに職場の人に誘われて、駅の近くの居酒屋にも行く。休みの日は会社の人と釣りに行ったりして遊んでいる。自転車が趣味なので、箱根駅伝のコースを走ったりして楽しんでいる。会社以外の人とも月に一回ぐらい会って、お酒を飲みながらいろんなことを話している。

自転車屋で働いていた時のお客さんに、仕事の相談にのってもらうこともある。ちなみにその人は母と同じくらいの年齢だ。また、僕のような障害がある人とどのように対応したらいいのかと相談を受けることもある。

§山あり谷あり、僕の学校生活

学校のことでいちばん古い記憶にあるのは小学校一年のことだ。学校から帰るとき、上級生にからかわれ、帽子を取られて捨てられたことがあった。僕は「やめて!」と何回も言ったのに相手はおもしろがっていた。僕はすごく頭にきて、家に帰って母に話した。すると母は僕を連れて上級生の家に行き「どうしてそんなことをするのか」と話していた。おばさんは僕にあやまり、しばらくして帽子は戻ってきた。その帽子はいまだに飾ってある。

学校の勉強がよくわからず、作文ができない時には先生から書くまで「給食を食べてはいけない」と言われたことがあった。授業中に勉強がわからないから、どうしようもなくて適当にいろいろやっていたら、先生から「帰れ!」と怒られ、そのまま家に戻ったら、学校で大さわぎになったことがあった。親は学校側と話し合ったようだが、理解も得られず、対応も変わらないので、小学校二年の夏休み明けに転校と引越しをすることになった。僕はこれでいじめから解放されると思った。

転校した学校では、二年生の時にそうじの時間、そうじをしない男子がダーッと走ってきて、僕にぶつかってきたことを覚えている。走らなければ僕にぶつかることはないわけで、そのせいで僕はふっ飛んでしまい、頭をぶつけて出血し、縫うほどの大けがをした。でも、その子からもその親からもあやまってくることはなかった。先生が相手の連絡帳に書かなかったせいだが、その後親があやまりにきた。

僕はよく「あやまれ！」と言われたけれど、相手からあやまられたことはほとんどない…。

小学三年の時に友だちから「めがねザル」と呼ばれてケンカになったことはあるけれど、三年、四年は大きなトラブルもなく、楽しく過ごすことができた。

しかし、五年の担任は『ワク』にはめることしか考えないような先生で、クラスも学級崩壊のようになっていた。先生はみんなに「これをしなさい！あれをやりなさい！」と命令するばかりで、クラスに不満がたまっていた。特に僕には厳しくて、ストレスを感じた。僕のような発達障害を理解していないようなことがあった。「この子はこういう子だからごめんね」と担任が代わりにあやまることがあったけれど、僕は理由も聞かずにあやまるのはいやだった。僕が悪くないのにあやまったら、自分がすべて悪いことになってしまう。

小学校では「わからない」と言えば、みんなが教えてくれた。でも国語、特に漢字が苦手でずーっと続いていた。それでも休むことはなく学校に通っていた。クラスには友だちがたくさんいて、学校が終わってからも公園に野球をやりに行ったりしていた。当時は周りにいた仲間から特別扱いはされていなかったと思う。

また、週に一回は通級指導教室にも通った。午前または午後に別の学校へ行き、体育をしたり、料理を作ったり、意見を発表する授業、算数とか国語の授業に参加した。同じような発達障害の人がたくさん通っていて、五人ぐらいのグループに分かれていた。ここでの勉強はソーシャルスキルトレーニングが中心で、今となればよい経験をしたと思う。二年生から六年生まで休まず続けた。

小学校は無事に卒業して、いよいよ問題の中学生活が始まった。

最初、中学校には部活があるから楽しいところだと思っていたし、不安もなかった。

しかし、だんだん勉強がわからなくなっていった。それは小学校と比較にならないぐらいむずかしくなった。

最もむずかしいのは英語だ。単語を覚えることはできても、日本語を英語にする、または英語を日本語に訳すことができない。だから筆記はほとんどできなかった。

国語は漢字が書けない。それは国語だけの問題でなく、社会では国の名前、人の名前、地域を漢字で書けない。

そして数学は公式を使って問題を解くことができなかった。計算問題は小学校のころから少しはできていた。

理科は授業の記憶がない。おそらくまったく興味を持てない内容だったのだと思う。

社会の歴史で、何年に何が起こったとかは覚えることができなかった。暗記することはできるけれど、勉強に関してはぜんぜんできない。好きなゲームとかはあっという間に覚えてしまうのだが…。

中学一年の一学期しか学校へ行かなかったため、連絡票の学習評価はほとんど空欄だが、唯一『2』をもらったのが中学一年一学期の音楽だ。楽器のリコーダーが吹けたのでかろうじて評価されたのだろう。また、授業も歌うより楽器演奏の方が多かったと思う。

美術は絵を描くのがうまくいかない。筆をまっすぐに引くことができなかった。だから絵が絵じゃなくなる。粘土で作るのはわりあいとほめられたりした。ほかの人と違って独特なものがあると評価され、「表現がおもしろい」と言われ、小学校では職員室の前に飾られたこともあった。

体育の授業は、みんなといっしょにやるスポーツ、たとえばサッカーやバスケットボールはうまくできなかった。ようするにチームでやるスポーツはみんなの動きに合わせることがうまくいかない。

体育の授業で取っ組み合いのケンカになる事件が起こった。

僕が跳び箱を飛ぼうと待っていた時に、順番を抜かされたことから激しいケンカになってしまった。体育館に髪の毛が散乱するほどだった。先生は「なんでそんなことをするんだ。相手にあやまれ!」と言ったけれど、僕は「相手がそんなことをしなければ、こういうことにならないのだから、原因を作ったのは向こうだ」と考えていた。だから「オレは悪くない」と思い、あやまらずにいた。その後担任から自宅に電話があり、親にも知られてしまった。

中間テスト、期末テストの時、親が先生に、設問にふりがなをつけてくれるように頼んだ。問題の内容がわからなければ解答もできないからだ。それでも中間テストは平均で二〇～三〇点ぐらいだったと思う。期末テストはほとんど記憶になく、ただ受けただけ。

勉強はどんどんわからなくなり、授業中は内容がわからないから、ただボーッと教科書をながめているだけだったと思う。先生から質問されても「わからない」と答えていた。学校にいる時間が一日六時間、七時間もあるのでとても苦痛だった。先生から特別に教えてもらうこともなく、友だちが教えてくれることもなく、かといってわからないことで怒られることもなかった。一度だけ、社会の授業で「ちゅうかじんみんきょうわこく」を漢字で書きなさいと言われて、できなかった時に「こんなこともできないのか！」と怒られたことは覚えている。

毎日、教室のすみでポツンとしていた。

部活は野球部に入った。小学校の時の友だち五～六人でいっしょに入って、キャッチボールをしたり、球拾いをしたりした。先輩も仲がよかったのでいじめもなく楽しかった。練習はほぼ毎日参加して、夏休みも途中まで行ったけれど、面倒くさくなって行かなくなってしまった。

クラスの人とプロレスごっこをした時に、だんだん本気になってしまい、それが原因でいじめられるようになった。学校へ行くとストレスがたまり、いつもイライラしていたように思う。だから家に戻るとパニックになったり、母親に八つ当たりしたこともあった。

担任の先生はクラスの人たちとトラブルが起きると、僕に対して一方的に「あやまれ」と言うことが多く、好きになれなかった。クラスの人たちは僕をからかったり、いじめたりすることが続いた。さらに授業を受けてもわからないことだらけで、勉強することがつらくなり、学校へ行くことそのものがいやになった。中学校は小学校より遠いところにあり、街を抜けて山を登り、歩いて四〇分ほどかかる。楽しくないのに、行きたいわけじゃないのに、どうしてこの坂道を登らなければならないのだろう……。

§不登校生活が始まる

結局、二学期からは学校に行かなくなった。

学校に行かなくなると、担任ではなく生徒指導専任の先生が自宅に来るようになった。その先生は野球部の顧問で、自転車が好きだということでいっしょに出かけたりした。気も合っていろいろ話したり、遊んだりもしたが、僕が二年になる時に、ほかの学校に異動してしまった。その後は担任や学年主任の先生が時々、自宅に来ていたが、あまり記憶にない。

ある日、小学校からの同級生とスーパーであった時に「教室に上野君の席はないよ」と教えてくれた。担任の先生は「席はあるからいつでも来いよ」と話していたが……。

不登校が始まると、朝起きるのが遅くなり、生活は昼夜逆転ぎみになっていった。テレビを見たり、ゲームをする日が続いた。

最初の一か月ほどは親から「放課後の時間になるまで外に出るな」と言われ、家の中にいた。親は近所の目を気にしていたようだ……。

そんななかでも近所の自転車屋さんにはよく遊びに行った。趣味の自転車についてくわしく説明してくれ、組み立てや修理を教えてくれた。サイクリングに行ったり、マウンテンバイクのレースにも参加した。この経験がのちにとても役にたったのだ。

一週間の生活は、ほぼ曜日によって何をするかパターンが決まっていた。

月曜日、祖母の家に行く。

火曜日、自転車屋に行く。

水曜日、祖母の家にいく。

木曜日、自転車屋に行く。

金曜日、区役所に行く。

土曜日、親と買い物に行く。

日曜日、家で暴れる（家族全員）。

パターンが決まれば何をするかわかりやすい。これが崩れるとやっかいなことになる。食事も朝は八時、昼は十二時、夜は六時と決めていた。

また、「相田みつを美術館」は常連になっていた。アンケートの職業欄に『不登校生』と書いた。不登校であることに自信を持っていたし、こういう人間がいることを世の中に知らせたいとも思った。もちろん引け目を感じることはなかった。毎週、有名な人のトークショーがあり、ジェームス三木さん、藤子不二雄Aさん、宮本亜門さんなどから、サインをもらったことがある。館長の相田一人さんとも話すことがあり、気持ちが落ち着く時間だった。

学校に行かないことで時々、父とはぶつかった。中学一年の後半ぐらいから自分の要求が通らないと、取っ組み合いになることもあった。「どっかに行こう」と親に誘われて「行かない」と言うと、家中で大げんかが始まる。自分の気持ちを親にぶつけていたのだと思う。

北海道の北星余市高校へ行くことになるけれど、このころに家を出たいと思ったことが、きっかけになったのかもしれない。このまま家にいたら家族とけんかが続き、事件にでもなったら大変なことになると思っていた。

§専門病院を受診する

親に連れられて小学校一年生の夏に病院へ行った記憶がある。その後いろいろな病院に行ったと思う。何科を受診したか覚えていない。

中学生になって、専門医がいる大学病院の小児精神神経科を受診して、高機能自閉症とどうやら判定されたらしい。薬が処方され、精神安定剤のようなものを飲んでいた。小学校の時は薬を飲んでいなかった。中学で不登校になってからパニックを起こしたり、周囲の人とぶつかったりしていたので、薬を服用した。薬を飲んでも気持ちがやわらぐわけでなく、何かボーっとなるような感じだった。

病院では一人で医者と面談する。親も医者と面談する。医者が僕に「何かいやなことはないか？　不安なことはないか？」と聞いたり、「家でトラブルはないか」「朝はちゃんと起きなさい」など、ふだんの生活についてあれこれアドバイスを受けた。また、検査は年に二回ほど行った。脳波を調べたり、知能検査をしたり、性格テストなどを受けた。

この先生とは相性もよく、その後も継続してお世話になっている。今では薬の服用はやめているけれど、半年に一回程度、一人で受診している。

高校卒業後、一年半ほど沖縄にいたので、その時は沖縄の病院に通院したけれど、発達障害の専門医ではなかったようで、医者との関係はうまくいかなかった。

周囲の人と自分は何かが違うと感じ始めたのは中学校に入ってからだ。みんなができることができない、仲間はずれにされたり、いじめの標的にされたり、中学校ではトラブル続きだった。自分自身も落ち着かない毎日だったように思う。小学校時代はみんなでいっしょに遊んでいたのに中学では競争ばかりでついていけない……。

§ 北海道北星余市高校への進学

中学三年生になると高校進学が問題になった。そのころは将来の夢が自転車屋だったから普通の高校に行きたかった。障害を持っているからといっても、高等養護学校に進学することは考えなかった。

定時制高校へ行き、昼は自転車屋で働くか？

それとも夜間中学で勉強してから高校か？などあれこれ考えた。

親が北海道にある北星余市高校をすすめた。最初はそんな遠い所は行きたくなかったので、反発をした。北星余市高校の見学に誘われた時「北斗星の個室寝台だったら行ってやる」と答え、まあ行ってみるかという気になった。そして、家を出たほうが家族とけんかをしないですむし、一人で生活するのもいいかなと思い始めた。

ところが、母も北海道余市に行き、いっしょにアパートで暮らすと言い出した。これは困る。一人暮らしをしてこそ意味があるのに、母と生活するのでは今までと同じだ。親といっしょだと友人もできにくいだろうし、自由に遊ぶこともできない。学校側も反対していたし、説明会では在校生の親たちも一人で下宿することをすすめ、結局、母は北海道行きを断念した。

十月に北海道余市まで見学に行き、先生から説明を受けて、楽しそうな雰囲気なので、なんとかやれそうだと考え、受験することにした。試験は面接と筆記がある。苦手の漢字を練習して受験にそなえた。

結果は見事、合格！いよいよ二〇〇二年四月から北海道での高校生活だ。

北星余市高校の生徒はほとんどが下宿して、一人で生活しているので、気持ちも通じ合える感じがした。下宿に引越しして、入学式が済んでも、母はまだ心配していたが、僕には一人暮らしの不安がまったくなかった。

「これで親から離れられる。自由だ！」と思った。

最初の下宿には九人が住んでいた。それぞれ個室で、相部屋ではない。平日の食事は基本的に三食で、土日も食事が出た。でも食事に好き嫌いが多い僕には苦痛で、家から送ってもらったレトルト食品やカップラーメンを食べていた。慣れてくると下宿の仲間といっしょに食事を作ったりもした。

部屋にはテレビがあり、勉強以外の時間はゲームで遊んでいる。下宿仲間の部屋に行ってゲームをすることもある。そんなことから親しくなっていった。

ひとり暮らしはみんな慣れていないので、最初は洗濯機の使い方を間違える人もいた。コイン洗濯機に洗剤を入れ過ぎて、アワだらけになったり、柔軟剤だけで洗って、ぜんぜん汚れが落ちなかったり、操作を知らず、「洗い」のボタンだけを押して「脱水」ができていなかった人もいた。

掃除は月に一回ぐらいはしていたと思う。下宿によって設備は違うが、最初の所はベッド、テレビ・ビデオ、テーブルがついていた。二番目の下宿には何もついていなかった。大きな下宿だと卓球台やカラオケもあった。

下宿代は自分で払うことはなく、親が振り込んでいた。だいたい六～七万円ぐらいだったと思う。ある時、下宿のみんなが夜遅くまで起きてゲームをやっていたため、電気代が異常に高くなり、寮会議の際に下宿の管理人から「電気代が二十万円を越えている。電気を止めるぞ！」と怒られたこともあった。

下宿では寮会議があって、生活で困ったこと、問題がある点を管理人に伝えたり、反対に管理人から下宿生に伝えることなどを話し合った。

朝食は八時までに食べ、八時半に下宿を出て、九時から学校が始まる。昼食は下宿で弁当を作ってもらうが、いつも早弁をして、購買部でもう一食分を買っていた。

高校の授業はていねいに教えてくれるので、中学校よりわかりやすかった。漢字は相変わらず読むことはできても、書くことは大変だった。英語は話している内容を少し理解できるようになったが、英作文はむずかしかった。得意科目は社会だった。一年の時はけっこう勉強して、テストでは、六〇～七〇点ぐらいは取れていたと思う。

§これが青春だ！

部活動は野球部に半年いて、その後バレーボール部、ボランティア部、囲碁将棋部（バドミントン部とメンバーは同じ）、ヨット部、などをやった。高校在学中に小型船舶の資格を取ったので、ヨット部では救難艇を操縦したこともある。

高校時代でいちばん楽しかったことはバドミントン部の活動だ。自分たちで立ち上げ、最初はサークルみたいな活動をしていたが、三年生の時にやっと部活動として認められ、ユニフォームも支給され、団体戦や個人戦など対外試合にも参加するようになった。メンバー八人は似たような境遇で、みんな不登校を経験している。親とのトラブルは共通することが多い。

三年の時はインターハイ予選に参加した。個人戦では対戦相手が来ないためなにも戦わないのに、あれよあれよという間に準々決勝まで進み、優勝した人と対戦してボロ負けをした。まるで歯がたたなかった。

バドミントン部のメンバーはみんな仲がよくて、休みの日はみんなで小樽まで買い物に行き、映画を観たり、食事をしたりして遊んだ。また、札幌から通学しているバドミントン部の仲間がいたから、札幌まで二時間ほどかけて遊びにいった。家電大型店をのぞいたり、ラーメンを食べたりして楽しんだ。

札幌のフリースクールから北星余市高校に進学してくる人もいて、札幌からバスを使って通学していた。下宿ではなく自宅から通学する生徒も全体の一割ぐらいはいたと思う。この時の仲間は住んでいる所が違っているけれど、今でも付き合いが続いている。

一年の夏休みはニセコにある、ペンション「がんば」で一～二週間ほどボランティアをした。ここには小学校と中学校の時に来たことがある。その時のことがとても楽しく、忘れられない思い出だったので、いつか恩返しをしたいと思っていた。夏休みに発達障害の子どもたちがキャンプをするので、食事の補助などの手伝いをした。「がんば」の人も北星余市高校のＯＢで発達障害を持っている。僕より十歳ほど年上でこのペンションで親といっしょに働いている。その後、三年生の夏休みにも行き、高校卒業後は、沖縄から冬のスキー教室のボランティアに参加したこともある。

しかし、いいことばかりではない。

高校二年生の時に大きな問題を起こして、謹慎処分を受けてしまう。

下宿生活、学校生活に慣れてきたのか、二年生になると学校に遅刻したり、「体調不良」で休むことが増えてきた。授業には三時間目から出たり、昼から行ったりと生活が乱れてきた。そのせいで成績はガタ落ち、一学期は赤点を取ってしまった。夏休みに横浜の実家に戻っていた時、東京で学校の説明会があり、成績が悪いため親といっしょに呼び出されてしまった。

北星余市高校は休みを利用して全国各地で説明会を行っている。

二年生の十一月。下宿全体での飲酒が学校にバレて、自宅謹慎の処分になった。下宿から即刻、自宅に帰される。処分を受けたその日に帰らなければならないため、お金がない人は下宿の管理人から交通費を立て替えてもらった。一週間の自宅謹慎中は、毎日反省文を書き、ファックスで学校に送った。膨大な課題もあり「これは終わらないぞ」とみんなが言っていた。謹慎が終わって下宿に戻り、みんなで答え合わせをしてなんとか課題をクリアした。

§生きる道をさぐる

三年生になると、みんな将来のことを考えるようになった。

船や海に関係する仕事だと海洋大学か?

自動車整備の仕事はどうだろうか?

中学生のときに決めていた自転車屋で働くか?

作業療法士など医療系の専門学校か?

いろいろ悩んだ末、小学校のころ作業療法士の方にお世話になっていたこともあり、発達障害関係を支援する仕事につきたいと思った。進学は推薦でないとほぼ合格はむずかしいので、条件が合うところを探すのが大変だ。また、推薦で進学する学校はひとつしか選べないから、あれもこれもというわけにはいかない。リハビリ関係の専門学校にしぼり、入学できそうな学校を探した。北海道には三校の専門学校があったけれど、推薦の条件が厳しくてだめだった。実家がある横浜には入れそうな学校があったけれど、作業療法学科しかないのでやめた。そして沖縄に条件が合いそうな学校を見つけ、見学に行くことにした。

沖縄に行くことを決めたのは九月上旬で、学校の説明会に出席しないと推薦の試験は受けられないので、九月二〇日に沖縄へ行き、すぐ北海道に戻って高校の授業に出席して、一週間後にまた、面接試験を受けるため沖縄に向かった。北海道で試験の結果を待ち、合格の連絡をもらい、今度はオリエンテーションに参加するため、約一週間後にまた沖縄へ飛んだ。この一か月間は北海道から沖縄までよく動いたけれど、飛行機の座席が狭い以外は、苦痛を感じなかった。

十月に「琉球リハビリテーション学院」に合格が決まり、次は北の大地北海道から南国沖縄だ。

三年生は二年生の時とは違い、学校を休まなかった。みんな卒業というひとつの目標に向かって努力していた。バドミントン部の練習が楽しいこともあったけれど、進学の推薦をもらうためには欠席することはできなかったからだ。

二〇〇五年三月、無事に高校を卒業した。北星余市高校では仲間がたくさんでき、いろんな人間がいることがわかり、さらに受け入れることができるようになった。先生ともいっしょに食事したり、相談にのってもらったりして、今思い返しても、この学校に進まなければどうなっていただろうと思う。

卒業して北海道から横浜の実家に戻り、のんびりすることもなく沖縄へ出発だ。三月三十一日に両親といっしょに那覇空港に到着。今度の寮はワンルームマンションで自炊生活だ。家賃は四万円ほどで、電気や水道料は別だ。自分で食事を作るため、炊飯器、電子レンジ、掃除機、食器など生活に必要な道具を全部買いそろえた。

新しい生活がスタートした初日のことだ。

夜、いきなり寮のドアホンがピンポーン、ピンポーンと鳴った。誰だろうと思ってドアを開けると、見知らぬ人が立っている。

「いまからエンダーに行こうよ」と誘われた。

それは沖縄では有名なA&Wというファーストフードのお店だ。

初めて会う人だけれど、「オレより動くなあ」と思いながらも、いっしょに出かけ食事をした。彼は「これがいいんだよ」と言って「ルートビア」を飲み、「カーリフライ」を食べた。いろいろ話すと同じ寮に住み、学科、学年、年齢も同じだとわかった。その後、この人とは付き合うようになる。

入学式、オリエンテーションが済み、授業が始まった。最初のうちはおもしろいと思ったが、だんだんきつくなっていった。未知のことを勉強しているから、わからなくて当たり前と思っていたが、半年を過ぎるころにはむずかしくて、テストも赤点を取るようになった。レポート提出は引用を多くして、なんとかBぐらいの点数をもらった。しかし、学科の勉強が大量過ぎてとても覚えられない。学科ができないと実技にも進めない。だからどんどん遅れていった。結果、単位を取得できずに一年生は留年してしまった。最初に誘ってくれた友人も留年した。

実習も大変になっていき、まったくついていけなくなった。

「こりゃダメだ」と考えるようになった。

この専門学校は通信制の大学を併設してあり、授業、実習、レポートを全部こなすことはかなり厳しい。

それでも実習は貴重な体験だった。

一日目は担当者と顔合わせして、実習担当のフロアを決めた。その日は認知症の人を担当した。「家に帰る」と叫んだり、昼食を食べながら「ごはんを食べたい」と言うので対応に困った。

二日目は認知症の人のオムツ交換をした。その人は、ズボンは右足からはくとこだわっていたのに左足を先に入れた。これが認知症だと理解した。

三日目は、実習仲間とロビーで朝食を食べている時に、実習時間前に介護長から「手伝ってくれ」と言われたけれど、こだわりが強い三人はそのまま食事をしていたため、あとで学校の先生から怒られてしまった。

この日は脳梗塞の人の実習だ。お風呂に入れる時「腕はいつも左からだ！」と言われたが、僕は初めて担当したのでわからない。その人はいつも言っているのだろうけれど…。

四日目も脳梗塞の人の実習で、ナースコールで呼ばれてトイレに連れて行くように言われた。ベッドから車イスに移動した時、車イスから落ちそうになった。脳梗塞の人の昼食は、噛むことができないため、ゼリー状のものを食べていた。ちょっとでも粒があれば、ペッペッと吐き出す人もいた。

実習の五日目、最終日はデイケアだ。朝、車で利用者を迎えに行く。車イスの人、杖の人、歩ける人などを車に乗せて、実習先に戻りデイケアの開始だ。折り紙で手先を動かす人、バランスボールをする人、なかには「リハビリはいやだ、家に帰りたい」と言う人もいる。僕は、リハビリは楽しくないと続かないし、つらいリハビリはよくないと考えていた。学校では、楽しいリハビリは痛みが出にくく、リハビリには優れた点があると教えられたが、現実は楽しいリハビリは少なく、利用者はつらいリハビリをしていると実習で知った。

実習の最後に担当者から、「ケーシー（医療用の作業着）がしわくちゃでよくない」「実習時間前でも手伝ってほしい」など三時間も注意を受けた。

それでも翌年の四月からもう一度一年生をやり直すことにした。地域のバドミントンサークルに参加したり、友だちもたくさんできて、学校の勉強以外は楽しい毎日だ。車の維持費や食事代など、お金が必要なのでホテルでのアルバイトも始めた。

車の免許は一年生の時に取って、親に車を買ってもらった。沖縄は電車が走っていないため、生活と遊びに車は必需品だ。どこへ行くにしても、自転車では間に合わない。それからは車いじりが趣味になって板金屋さんにもよく行った。

沖縄での生活はおもしろかったが、授業や実習がますますきつくなり、ついにギブアップして、一学期終了で退学する決心をした。この時は自分の人生でいちばん悲しい瞬間だった。挫折感のかたまりだ。周りの友人や先生が引き止めてくれたけれど、このまま学校を続けても卒業の見込みはないし、資格も取れないし、将来も作業療法士として働くことはできないだろうと思った。

沖縄にたくさんの友人ができ、医療現場の現状も少しわかり、沖縄の文化と生活を体験できたことはとてもよかった。

一年と半年いた寮の荷物をまとめて、いろんな友だちと何回も送別会をして、九月中旬に沖縄からフェリーに乗って鹿児島を目指した。車で横浜の実家まで帰ることを考えて中古のカーナビを取り付けた。鹿児島から熊本へ行き、福岡県久留米市の友人の家に泊った。ここに二泊して、久留米ラーメンや博多ラーメンを食べて遊んだ。そして広島へ行き、原爆ドームを見学して、岡山にいる沖縄の専門学校で知り合った友人の家に向かった。ここからはその友人も同乗して大阪に行き一泊した。次は名古屋にいる専門学校の仲間を訪ねて、いっしょに飲んで遊んだ。岡山の友人をそのまま連れて横浜の実家に行き、中華街とかを案内した。

およそ二〇〇〇キロの長旅だった。車の運転は好きだから、一人で運転しても不安を感じることもなく、もちろん無事故だった。

実家に戻ってから二〜三週間ほど何やろうかなと考えていた。ハローワークへも行って仕事を探し始めた。大手スーパーを受けたが採用してもらえなかった。自転車が趣味なので、自転車販売店やスポーツ店を歩きまわって、募集がないか聞いたりした。

そして、ショッピングセンターにある自転車部門で働けることになった。自転車の組み立て、整備、修理、販売の仕事をしながら、『自転車安全整備士』『自転車技士』の資格を取得した。ここで三年間働き、二〇一〇年三月からは船を作る会社に転職して、溶接機械の修理をしている。自分で考えて作った機械をほかの人が使ってくれることにやりがいを覚える。ここでの仕事仲間は僕のことを特別扱いはしない。常に対等に接してくれる。それが僕にとってはいちばんの喜びだ。

中学校で不登校をしたけれど、それがあるから今があると思う。

北海道の高校、沖縄の専門学校に行ったことでたくさんの仲間ができ、自分の財産になっている。生きていればよいことも、悪いことももちろんある。

なにごとも助け合いが必要だ。

親にはたくさんお金を使わせて、北から南まで行かせてもらい、とても感謝している。

親が発達障害の啓発活動をしているが、それによって理解が広まり、住みやすい社会になればいいと思って、僕もできるだけ協力している。

僕のような障害は見た目で判断ができにくいので、人に理解されないこともある。食事では食べることができないものもあるが、それは好き嫌いがわがままということではない。だから自分で食べられる食事を買って、会社に行く。

障害があってもなくても人間を否定的に扱うことはよくない。学校ではけんかの原因が相手にあっても「あやまれ」「おまえが悪い」とよく怒られた。「この人間はこうだ」と決めつけているからだと思う。
できないことはあるけれど、できることを評価することが大切だ。

僕は働くことが好きだ。
機械の修理が終わり、現場の人が喜んでいるのを見た時、自分もうれしい。
働いたお金で好きな車を買うのが目標だ。
夢は造船員になって、船と家を買うことだ。

人に会うことも好きだ。
友だちとお酒を飲み、カラオケで歌う。
仲間はとても大事だ。

第二章

発達障害の息子と学校

第二章

発達障害の息子と学校

上野　景子

§子どもの成長と子育ての悩み

小さい頃から人なつこく、愛嬌を振りまく康一は、だれからも好かれる子どもでした。しかし、そんな周囲の人とは逆に、私はいつも康一に対してイライラして、次第に育児にストレスを感じてくるのでした。同じ失敗を何回も繰り返す、興味が次から次と移り、振り回される、ひとつのものに集中してしまうこだわり、遊んでも遊んでもパワーが切れない、そんな康一にいつも疲れ果てている私がいました。

パワフルな康一を連れて、たまに義父母の家を訪ねると「ふだん、親がかまっていないから、こんなにはしゃいで喜ぶんだな」と嫌味を言われる始末。

幼稚園、小学校と集団生活が始まると、型にはめられることを極端にいやがり、自由奔放な行動を繰り返す康一。とにかく小さい頃から育てにくい子どもでした。

これは親の育て方の問題ではないと、何となく感じていたのですが、なかなかそれを実証することはできませんでした。そんななか偶然、康一の行動が発達障害児の行動と一致することを知り、医療機関を訪ねたのでした。

小学校一年生の冬でした。当時の診断名はＬＤ（学習障害）でした。

§しつけの名を借りたいじめ

小学校に入学後、授業中に立ち歩いたり、先生の指示通りに行動できない康一を、最初は周りの子どもたちも座らせようと世話を焼きました。しかし、なかなか言うことをきかない康一に対し、子どもたちは次第にたたいたり、蹴ったりするようになりました。

担任はそれをいじめではなく、指導ととらえていたので、子どもたちは大義名分を得たかのように、康一へのいじめはますますエスカレートしていきました。康一はランドセルの中身を毎日ゴミ箱に捨てられ、体育の時間のドッジボールでは勝敗そっちのけで一人だけ狙われ、ボールを思いきりぶつけられたこともありました。教室に入れなくなった康一は、一人で砂場で遊んだり、技術員のおじさんの仕事を手伝ったり、保健室の先生とおしゃべりをして一日を過ごすようになりました。いじめは他学年や地域にも広がりました。集団登校の班から追い出されました。一人で下校の際には上級生に帽子や荷物を奪い取られたり、川に突き落とされそうになったりしました。

一年生の最後の懇談会で、息子が発達障害のＬＤであることを、担任やクラスの親御さんに伝えたにもかかわらず、二年生になってもいじめは続きました。授業時間中にもかかわらず、廊下で羽交い締めにされて、パンチやキックをあびている康一。偶然通りかかった私がそれを目の当たりにし、すぐに担任に話しましたが、一向に取り合ってくれません。校長先生に訴えても埒《らち》があかず、悩みに悩んだ私たちが出した結論は転校でした。

二年生の夏休み、家族三人は新天地を求めて引っ越しました。転校後の康一はというと、最初の頃こそ、いろいろとトラブルもありましたが、素朴で温かい地域性と先生方、友人に恵まれ、楽しい小学校生活を過ごすことができました。

なかでも、三、四年生のクラスは団結していました。一人ひとりの個性を伸ばす担任の指導のおかげで、転校前にはマイナスイメージでしか見られなかった康一も、このクラスではプラスに評価され、「うえちゃん」の愛称で親しまれていました。

五年生ではクラス替えがあり、担任も新しくなりました。三、四年生の時が嘘のように康一は不安定になり、パニックが続きました。そんな時、康一の味方になってくれたのが校長先生でした。パニックを起こしている康一を校長室に呼んで、じっくり話を聞いてくれました。康一を一人の人間として真剣に向き合ってくれる校長先生に接するうち、康一は自己肯定感を少しずつ取り戻し、パニックも治まっていきました。

もし、転校せず、前の学校にずっといたら、今頃、康一はどうなっていたかと考えるとゾッとします。転校してたくさんの仲間ができ、自分の活躍の場が与えられ、成功体験をたくさん積んだことが、今の康一の礎になっています。

小学校の卒業式に臨んだ康一は笑顔でいっぱいでした。

§中学校入学

一九九九年四月五日、康一は中学校の標準服に身を包み、入学式に臨みました。学校までの道すがら、私は桜の咲いている所に立ち止まっては康一の姿をカメラに収め、新生活に胸をふくらませていました。自宅と目と鼻の先にあった小学校に比べ、中学校はだらだら坂を二〇分も登った先にありました。中学校の正門にたどり着くと、そこには在校生たちの「おめでとうございます」の挨拶が飛び交っていて、「いよいよ中学校生活のスタートだな」という緊張感が私の心を走りました。受付が済むと、子どもは教室に、親は体育館へと移動しました。校舎の平面図を頼りに自分の教室に向かう康一に、「無事に着いたかしら」と心配は尽きません。

そうこうしているうちに、入学式の始まりです。中学校の入学式は小学校とは全く雰囲気が違い、なにか糸が張りつめたような厳粛なムードでした。しかし、康一は私の気持ちとは裏腹に、クラスの仲間（小学校時代の友人）と楽しそうに過ごし、一緒に下校していました。帰宅後も康一は機嫌がよく、「明日から友だちと一緒に待ち合わせて登校するんだ」と楽しそうに話していました。夫もそんな様子にほっとして、「よかったね。康ちゃん、入学おめでとう」と夜は三人でお祝いをしました。

中学校は教科ごとに先生が替わったり、授業時間が五〇分間だったり、お弁当持参だったり、みんな同じ標準服で過ごしたりと、小学校とはずいぶん違っていました。しかし、康一はそんな生活にも次第に慣れ、部活動のことも考え始めていました。

そんな折り、中学校に入って初めての授業参観とクラス懇談会が行われました。夫もやはり、康一のことが心配で、その時間は仕事を休んで参加しました。

授業はどのクラスもホームルームでした。後ろから見ていると、どの子が康一なのかわからないほど、康一はクラスに溶け込んでいました。

その後、クラス懇談会があり、毎年のことながら、夫と私は学級担任の先生に時間をとっていただき、康一の特徴並びに生活面でお願いしたいことなどを話しました。じっと黙って私たちの話を聞いていた先生がようやく口を開き、話し始めました。

「僕は過去の康一君のことは聞きたくありません。先入観を持ちたくないからです。過去のことは白紙にして、いま、中学生になった康一君から見ていこうと思います。ここが原点と考え、毎日楽しくやっていけるよう、がんばります」

私はなんてさわやかなのかしらと、一言一言に笑顔で力強くうなずいていました。そして、私たちは学校をあとにしました。心が軽くなり、笑顔で歩く私とは逆に、夫は担任の言葉に強い不信感をもったようです。

「お医者さんだって新しい患者が来れば、それまでの様子を聞いたり、データを参考にしたりするじゃん。教育だって一緒さ。予備知識を入れたくないなんて、変な話だ！」

と道々、ずっとしゃべっていました。

§　順調に見えた中学生活が崩れる日

小学校と中学校が大きく違うところは、中間テストと期末テストの結果でほぼ成績が決まることです。文字を読むことが苦手な康一にとっては、問題文を読むだけでも人一倍たいへんなことです。そこで私は、試験に際し、担任の先生にお願いして、国語以外のすべての問題用紙にふりがなを振っていただきました。私の本心としては、康一を別室に移し、マンツーマンで問題を読んでもらいながら解答を書くという方法を望んでいましたが、それでは先生の負担も大きいので、テスト用紙を特別にしてもらいました。結果はまずまずでした。設問の答えがわからないことと、問題文が読めなくてできないことでは全然意味が違うので、この方法は康一にとってはよかったと思いました。

最初のテストをクリアした康一は小学生の頃からの念願だった野球部に入り、連日、練習に明け暮れていました。康一は小さい頃から身体を動かすことは大好きでしたが、目と手の協応の悪さから動きがぎこちなく、そのためにバカにされたり、いじめられてきました。そこで、入部に際しては顧問の先生にいろいろ相談し、不安は残るものの、とりあえずは本人の希望通りにやらせてあげようと考えました。

実際、始まってみると、私たちの心配は取り越し苦労だったようで、康一は思っていた以上にがんばりました。朝練も午後練も練習試合の応援にも欠かさず参加しました。そんな姿が先輩の目にとまったようで、「先輩が僕にね、『上野お前、根性あるなあ、がんばれよ！』と言ってくれたんだよ」とうれしそうに話すのでした。そんな何気ない言葉が康一にはもちろん、私にとってもうれしいことであり、心から「それはよかったね」と話しました。順調な日が続いていたある朝、出かける時の姿が標準服ではなく、なんとジャージ姿なのです。

「あれっ？　今日、体育の行事でもあるの？」

という私の問いかけに、康一は、

「ないよ。標準服は毎日着ていて汚いから。それにズボンをはくとチクチクするんだ。だからジャージで行くの」

と平然と答え、出かけて行きました。

「そうなの？」

と腑に落ちない返事をしながら、私は康一を見送りました。

その日の夜のことです。洗濯機の中に今朝着ていったジャージの上下が突っ込んであるのです。砂ぼこりや土がついている訳でもないのになぜと思い、康一に尋ねると「今日一日着たから汚い」と言うのです。そういえば、康一は小学生の頃から毎日服を取り替える子でした。家に帰ると、ズボンをはき替え、夜には家の中で数時間しか着ていない服さえ、洗濯機に放り込んでいたのです。

「そんなこと言ったって、中学校は標準服で登校することになっているんでしょ」と言っても、康一は「でも、僕はイヤなんだよ！」と言い張るのでした。

あらかじめスペアのジャージなど用意しているはずもなく、翌日、私は指定店でもう一着買って来ました。こうして二着になったジャージを交互に着ての登校になりました。しかし、天気の良い日ばかりではありません。梅雨に入った時、私が「雨が降ったから、今日は洗濯しなかったよ」と言うと、康一はパニックを起こし、「何でしないんだよ。今からしてよ」と大騒ぎになるのでした。幸か不幸かジャージには速乾性があり、翌朝にはまたきれいなジャージを着て、何事もなかったように出かけて行きました。

私はそんな康一に次第にイライラし、「標準服を着て行きなさい。せっかく作ったのに！毎日洗濯するなんてバカげてる！　汚れてないんだから、明日も着ればいいでしょ！」と声を荒げるようになりました。康一はそんな私に「イスに座ったもん。汚いじゃん」と当たり前のように言ってくるのでした。私はため息をつきながら「あぁ、またこだわりが始まった」と心の中でつぶやき、うんざりしてきました。

§　担任から連日の報告

六月の懇談会のことでした。お母さんたちの雰囲気が何か変なのです。小学校から一緒だったお母さんも私を避けているようで、私は「康一がまた何かやったのかしら?」と直感しました。

懇談会はまず、お決まりの『学校生活の様子について』、担任の先生から話があり、そのなかにトラブルに関することがありました。「男子三人くらいが昼食前に教室内で追いかけっこをしていて、先に机の上にお弁当を広げている生徒もいたのにやめなかった。そのうち、三人はエスカレートし、机の間を縫うように走り回った。一人の女子のお弁当が床に落ち、その子は泣いた。三人は謝り、自分たちのおかずをその子に分けてあげた」と、こんな内容でした。

話を聞いているうちに私の鼓動がどんどん速くなり、口が渇いてきました。先生は名前こそあげなかったものの、ほかのお母さんたちの視線から、康一が関わっているのだろうということは容易にわかりました。それ以降の私は頭が真っ白状態でした。懇談会が終わるやいなや、私は先生の元に駆け寄り真相を聞きました。やはり三人のうちの一人が康一で、あとの二人は小学校時代からの仲間でした。そのお母さんたちはすでに事情を知っていて、謝罪も済んでいました。どうして私にも一言知らせてくれなかったのかと、残念でなりませんでした。非常識な親と思われたくなかった私は「康一が何かご迷惑をおかけしたら、いつでも連絡して下さい」と担任に話しました。

それからです、電話の嵐の日々が始まったのは。担任から毎日のように、「○○君の髪の毛を引っ張って、かなり抜けてしまった」「取っ組み合いになり、相手のYシャツのボタンを引きちぎった」と、逐一報告が入るようになりました。そして毎回、電話の最後には「すでに、学校でお互いに謝って解決済みだが、念のため、相手の家にお詫びの連絡を入れてくれ」と言われるのでした。お互いに謝ったとは言うものの、お詫びの電話をかけるのはいつも私の方で、相手からは一度も来たことがありません。いつもいつも、釈然としないものを感じながら電話をかけていました。

学校でトラブルがあった時の康一は、眉がつり上がり、鼻に縦じわを寄せ、怒りに満ちた形相で帰って来ます。イライラした気持ちを吐き出すように、「今、先生から連絡があったけど、何をやったの！」ときつい口調で問い詰める私に、康一はいつも、「うるさい！　頭にきた！　僕は悪くない！」の一点張りで話になりません。夕食の時、ようやく落ち着いた康一によくよく話を聞いてみると、「体育の時間、跳び箱を跳ぼうとした瞬間にね、わざと僕の前を横切ったんだ」「僕のことをメガネメガネって言うから、僕の名前はメガネじゃないと言ったのに、いつまでも言うから」など、やはり理由があったのです。しかし、先生はじっくり話も聞かず「ケンカ両成敗」と言い、お互いに握手させ、これで仲直り、一件落着とするのでした。康一は「あいつが言ったり、やったりしなければ、ケンカにはならないんだ。原因は向こうにあるんだ」と先生の指導に納得せず、不満を募らせるのでした。

後日、担任にケンカのことを話す機会がありました。「僕はたまたま次の時間が空き時間だったので、康一君の話もじっくり聞きました。そのうえで『君もつらかっただろうけど、相手も痛かったんだよ』と話し、謝らせました」という返事でした。

「えっ⁉ そんなに簡単にすんじゃうの？ もっと心の奥の叫びを聞かないの？ でも一人ひとりに関わっていたら、先生も仕事にならないし……でも、康一の気持ちはどうなるの？ 一方的に乱暴な子で終わってしまうの？」そんな気持ちを先生に発せられないまま、私はその場をあとにしました。

この頃から、担任との見解の違いが表面化してきたように思います。康一は「学校はくだらない。もう明日から行かない」と言い出すし、夫は夫で「けんか両成敗なんて、間違っている。原因を作った方が悪いんだ。イヤな奴とは仲直りなんかしなくたっていいんだ」と怒っていました。私も「学校側が今までのいきさつをちゃんと聞いていてくれれば、対応の仕方もわかって、こんなことにはならなかったろうに！」と三人の不満が一気に噴き出してきました。

§学校はくだらない

六月、標準服が汚いからとジャージ姿での登校。七月、お弁当が冷めて美味しくないという理由でランチジャー持参での登校。そしてクラスの仲間とのトラブル続発……。しかし何とか一学期が終わり、暦は九月になっていました。

九月一日の朝は小学校時代からの友人と一緒に登校しましたが、私が康一に「行ってらっしゃい」と言うのは、これが最後となりました。この日学校から帰って来た康一は、「学校はくだらない」としきりに言っていました。私は「学校なんてそんなところよ。でも行かなくちゃいけないんだよ」と話しましたが、康一は何かイライラしているようでした。

翌日、いつもなら自分から起きてくる康一が、朝食の時間になっても起きてこないので す。私が部屋に行って、少し声を荒げて起こしたところ、康一は「起こし方が悪いから休む」と因縁をふっかけてきました。また、「昨日まであった抹茶アイスが無くなっている。頭にきた。休んでやる」と何かと理由をつけては学校を休む日が続きました。

私は得体のしれない焦りを感じ、遅刻してでも登校させたり、車に無理やり押し込んでは教室まで連れて行ったりしました。そんな私たちをクラスの生徒たちは冷ややかな目で見ていました。担任が「上野君、おはよう！」と声をかけてくれたのも束の間、康一は「今日はこれで早退する」と言い捨て、昇降口の方に走って行ってしまいました。今日はダメだと諦めた私は康一を車に乗せ、自宅に戻りました。車を運転しながら私は、自分のなかに鬱積したものを吐き出すかのように、タラタラと康一に文句を言っていました。

そんなことが何日か続いた放課後、担任と生徒指導専任の先生、そして私たち親子三人で話し合いを持つことになりました。二人の先生から「なぜ学校に来ないの？」と聞かれ、康一は「勉強がわからない」「学校まで遠い」「野球部でレギュラーになれない」「部活の練習の時のボールが速い」などの理由をあげていました。私は何となく康一の気持ちがわかり、無理に行かなくてもという気持ちになりました。しかし、夫は私と考え方が違い、「学校に行かなかったら、ろくな人間にならない。明日は行くんだぞ、いいな！」と強く叱りとばしていました。

そんな言葉も効果はなく、康一は翌日も起きては来ませんでした。夫はその態度に激怒して、布団をはぎ取ったり、蹴とばしたりと実力行使に出ていました。しかし、そんな時間が長くは続かないことが康一にはわかっていました。出勤の時刻になると、夫はぷいと家を出て行くからです。夫が出勤することによって、家の中は急に静まり返り、康一はもちろん、私もホッとするのでした。

§家族で出した結論

康一は九月中旬には、もう完全に学校に行かなくなっていました。

八時前後になると、我が家の前を小中学生が友だちとなにやら楽しそうに話しながら登校して行くのですが、そんな姿を見ると私は無性に胸が熱くなり、涙があふれてくるのでした。ため息をつきながら学校に欠席の連絡を入れる私の声を耳を澄まして聞いているのか、受話器を置くのを待っていたかのように康一は二階から降りてきて、朝食をとりケロッとしているのです。

その後はテレビゲームをしたり、テレビを見たり、自分の好き勝手なことをして過ごしていました。そして午後三時頃になると、自転車で買い物に出かけて行くのでした。そうなんです。みんなが下校する頃になると、堂々と外に行くのです。いま考えると、学校に行っていないということで、康一なりに相当プレッシャーがかかっていたのでしょうね。

担任は毎日のように顔を出してくれましたが、「学校においでよ」という話ばかりで、私も康一もかえって暗くなるばかりでした。康一は先生の話を静かに聞いてはいたものの、手は終始、身体のあちこちをボリボリとかいていました。

そんなある日、「母さん、足の付け根が腫れてる！」と康一が悲鳴を上げました。見ると、リンパ腺が異常に腫れているのです。私はあわてて病院に電話をしました。看護師さんから「そのリンパ腺のあたりで怪我をしているところはありませんか?」と聞かれましたが、ざっと見たところ怪我らしきものは見当たらなかったので、「いいえ」と一度は答えたものの、康一のお尻を見てびっくりしました。左の臀部一面が赤くただれていたのです。すぐに近所の皮膚科に行き、受診したところ「ストレスでかきむしったんでしょうね」と言われました。身体にこんな症状が出るほどイヤだったんだなと、私はやっと気がつきました。そしてその夜、夫と私は話し合いました。

「学校に行って傷ついて帰ってくるのなら、学校に行かせるのはやめよう。学校はそんな命がけで行くところじゃない」という夫の考えに、私も賛成しました。

翌朝、担任にはストレスで康一の身体に症状が出たことを話し、しばらく距離を置いてほしいと伝えました。その途端、私の心は不思議と軽くなりました。そして、これまた不思議なことに、康一はその日を境に一人で起きてくるようになりました。

§ 親と子で歩き出す不登校

学校に行かなくなった当初は、どこかオドオドしていた康一でしたが、親が「行かなくてもいいよ」と言ってからは、学校がある時間帯でも私と一緒に堂々と出かけるようになりました。「あら、学校は？」「今日、学校お休み？」「行かなくちゃダメだ」などと、いろいろな人が否定的に声をかけてきました。その都度、私と康一は笑顔で「ええ、学校には行ってないんです」と答えられるまでになりました。

不登校で昼夜逆転になったという話は何人もの人から聞いたことがあったので、夫も私もそのことをとくに心配していましたが、康一の生活は案外規則正しいものでした。午前中は市場で買い物をしたり、帰宅後はテレビゲーム、プラモデル作り、自転車いじりと予定がびっしり詰まっていました。ただ、ひとつ困ったことがありました。それはプラモデルのことです。何千円もするものをあっという間に作ってしまうため、お金がかかってどうしようもなくなりました。買わなければ、執拗に悪態をつかれるし……。

そんなある日、私は中学校を訪れ、不登校の子どもの居場所について尋ねました。すると教育相談センターや適応指導教室があるというのです。早速予約をとり、面接に行きました。適応指導教室では工作などをして過ごすようで、プラモデル好きの康一にはもってこいだと思いました。ところが康一の面接をした先生の態度が非常に事務的で、教育委員会の管轄のためか、やはり学校のイメージが強く出ていたことで、康一が拒否反応を示してしまいました。横浜市には適応指導教室のほかに、不登校のための相談指導学級が数校の中学校に設置されていますが、そこに通うためには適応指導教室を通過することが条件ということでしたので、同時に相談指導学級への道も閉ざされてしまいました。

困った私は、学校関係以外の居場所を探し、すぐに「子ども・家庭支援センター」というものが保健所のなかにあることを見つけました。早速、私は康一を連れて相談に訪れました。そこでは保健婦（当時）、ケースワーカー、スクールカウンセラー、そして退職校長などがチームを組み、常時いろいろな相談に応じていました。

また、不登校生の親の会である「金沢にじの会」があることを市の広報で知り、そちらにも顔を出すことにしました。こうして、一度は閉じかけた生活空間が少しずつ広がりを見せ始めました。

§詩に気持ちをしたためて

中学一年生の夏休みも終わりに近づいた頃のことです。私が以前から心を打たれていた相田みつをの作品を観に行こうということで、家族三人で「相田みつを美術館」に出かけました。銀座の活気あふれる通りから美術館直通のエレベーターに乗り、ドアが開くとそこは別世界。静かな雰囲気の中にも暖かさが伝わり、心地よいＢＧＭを耳にしながら、本物の作品にふれ合うのです。

彼の作品は、とっても短い文の中にいろいろな想いが凝縮されており、それだけに人それぞれの受け取り方もさまざまなのでしょう。作品の前にじっとたたずみ、こみ上げてくる何かをこらえている人、ハンカチで涙を拭いている人、メモをとっている人……。それぞれの人生を見ているようでした。そういう私も一つひとつの作品に自分の生き方が重なり、胸が熱くなるのでした。

康一にとっても何か訴えかけてくるものがあったのでしょう。ある日康一の部屋を掃除していると、机の片隅に数枚の紙が置かれているのに気づきました。よく見るとそれは康一が書いた詩でした。「これ、康ちゃんが書いたの?」と聞くと、うれしそうに「うん」と答え、読ませてくれました。

『人』
人は生きる
人は死ぬ

『人生』

人生は、にゃ
いつも曲がりくねっている
どんどん右へ
あてもなくすすんで
どんどん左へ
人生の波にながされて
それだが、かこにもどれない
かこはかこでやってしまったから
くりかえさないようにするしかねぇんだよ
（康一の詩集より）

まさに相田みつをの世界でした。こんな哲学的なことを考えているなんて「普通に学校に行っている子よりすごい」と私はちょっと鼻が高くなりました。夫も「うん、これはすごい!!」と盛んにほめていました。

当時時々部屋にこもっては、こうして自分の心を整理していたのでしょう。「相田みつを美術館」には不登校中、何度も何度も二人で足を運びました。そんな姿が相田一人館長さんの目にとまったのでしょうか。いつしか個人的に康一に話しかけてくれるまでになりました。そしてスタッフの皆さんもいつも私たちを暖かく迎えてくれました。ここに私たち親子の居場所がひとつできたのです。

§わが家の不登校ライフ・流氷ツアーに参加

「不登校」というと、ほとんどの方はマイナスのイメージを持たれるのではないでしょうか。私たち親子ももちろん、暗くつらい時期もありましたが、悩んでいても仕方ないといつしか考え方が変わりました。それからというもの、私は康一を平日の昼間でも連れ出し、いろいろなところに出かけて行きました。

映画館に行けば広い館内にお客さんは私たち二人だけ。図書館もすいていてゆっくりできました。特に楽しかったのはラジオの公開番組の追っかけをしたことでした。鉄道沿線を毎日一駅ずつ移動しながら中継するのです。そのなかにCDのタイトルでしりとりをするコーナーがありました。たとえば「ドレミの歌」が前日選ばれたとしたら、その翌日は「た」から始まるCDを持って隣の駅に集まるのです。そして集まった人たちのなかで抽選をし、その日の曲目が決まり、一万円がプレゼントされる企画です。たまたま我が家の近くの駅からの中継だったので、一週間くらい朝早くから二人でCDを持っては出かけて行きました。康一はアナウンサーと顔なじみになり、サインをもらったり、一緒に写真を撮ったりと、とてもよい記念になりました。

中学一年生の二月から三月にかけては、北海道に二泊三日で流氷見学に行きました。キーンと張りつめた寒さのなか、さまざまなイベントが盛り込まれ、康一は大喜びでした。流氷の中を「がりんこ号」で進んだり、タイヤのボブスレーに乗ったり、なかでもいちばんのお気に入りが阿寒湖でのスノーモービルでした。困ったことに康一にこだわりの症状が出て、お金がたいへんでしたが、次はいつ来られるかわからないと考えれば、親心としてどうしてもついつい甘くなってしまうのでした。

阿寒湖ではワカサギ釣りにも挑戦しました。ほかの人がまったく釣れないなか、康一だけは面白いようにどんどん釣れて、同じツアーのおじさんやおばさんに、「お兄ちゃん、じょうずねぇ」「いやあ、たいしたもんだ」と口々にほめられ有頂天でした。終了後、釣ったワカサギの無料フライ券をもらったのですが、康一は釣るだけ釣ったら、「寒いから僕は先にホテルに帰る。母さん、一人で行って来て」とサッサと帰ってしまったのです。雪国の真冬の夕刻、日も西に傾き、湖全体が雪国独特のどんよりとした薄暗さに覆われ、気温はどんどん下がり、耳当てをしている耳でさえち切れんばかりの寒さになりました。私は一人でとぼとぼとフライ屋さん目指して歩きました。途中、自動販売機でホットコーヒーを買い、顔や手を暖めながら、やっとの思いでフライ屋さんに到着しました。食堂のおばさんにホクホクに揚げてもらったワカサギのフライを受け取った時の暖かかったこと！阿寒湖畔の街並みの端から端まで一キロ以上、遠かったけど来てよかったと思いました。

帰りはその袋を抱え込むようにして、また来た道を戻りました。ホテルに着くと康一はすでに部屋でくつろいでいました。「いやぁ康ちゃん、寒くて寒くて、耳がちょちょ切れるかと思ったよ」と言う私に、康一は楽しそうに笑いながら、フライの袋に何度も何度も手を伸ばし、「美味しい、本当に美味しい」と感動していました。

このように学校に行かない時間、康一はかけがえのない経験をたくさんしました。また、いろいろな人との出会いもあり「不登校」も捨てたものでないと、内心、自負する私でした。

§　わが家の不登校ライフ・楽しいはずの旅行が……

康一の中学二年生の夏の旅行は、福島県の磐梯で行われる松山千春の野外コンサートを盛り込んだものでした。楽しく進んでいたはずの旅行が一転して悲劇に変わったのは、コンサート会場での出来事でした。コンサートの半ばに康一が「トイレに行きたい」と言い出したので、夫が仕方なくつき添って行くことになりました。ところが数分後に戻って来たのは康一だけ。しかもチケットの半券を持って、足早にまた出かけて行きました。その後なかなか二人は戻って来ません。三〇分近く経ってそろそろ心配になってきた頃、康一だけが戻って来ました。「父さんは?」と聞くと、「一人で怒って、僕がチケットを渡そうとすると『来るな! 向こうへ行け!』と言って、どんどん逃げて行っちゃったの」と言うのです。話がまったくつかめない私は、自分で夫を捜しに行ったのですが、どこにも見当たりません。そうこうしているうちにせっかくのコンサートも終了してしまい、観客は退場を始めました。

いらだちと心配でいっぱいになった私が康一を連れて会場を出ると、そこには口をへの字に曲げ、鬼のような形相をした夫が立っているではありませんか。「どうしたの? 心配してたんだよ」と言うと「あったまにくる! こいつは!」と康一をニランでいるのです。「どうしたの?」とあらためて聞くと、興奮しながら「トイレは会場の外で、歩いて十分以上かかるって、係の人が言うんだよ。それでもいいよと外に出ようとしたら、再入場にはチケットが必要だって、係の人が言うんだ。顔を覚えておいてよって頼んだけどダメって言うんだ。トイレは遠いし、チケットを取りに戻るのも面倒だし、真っ暗だから草むらでやっちゃおうって、こいつに言ったんだ」と康一を指さし、「そうしたら『イヤだ、おやじがチケットを取りに行け、おやじが行け、おやじが行け』って大騒ぎするんだ。頭にきたから一人で草むらの方に歩いて行ったら、急に下に落ちたんだ。左半身から落ちて、息ができなくて、苦しくて、ウーウーうなっていたら、落ちたのを見てた人がいて、助けに来てくれたんだ。『大丈夫ですか』って聞くから、ウー、大丈夫ぅ、ですぅ、ウー、ちょっと、ウー、待ってててって言って、立ち上がれるまでしばらく待っててもらって、手を引っ張ってもらってやっと登ったんだ。上まで手が届かなかったから二メートル以上あった。打ちどころが悪かったら死んでるとこだった」とまくし立てるのでした。外灯のところでよく見てみると、手足に傷を負っているし、髪の毛やTシャツ、短パンには草や泥がこびりついているし、それに何やらプーンと臭うのです。どうも汚い用水路に落ちたようなのです。「こいつのせいで！」と康一を蹴っとばす夫に、「僕のせいじゃない！」と反論する康一。私は夫に落ち着くようにと話すのですが、夫は私に八つ当たりして「なぜ、あいつを注意しない！」と言う始末です。

とにもかくにも、宿泊予定のホテルまで車を走らせ、フロントで湿布をもらい、お風呂に入って、ようやく夫は落ち着きました。しかし、楽しみにしていた一年に一回のコンサートが台無しになり、家族三人がそれぞれ不満を抱いた一日でした。

翌日、夫の左手首は腫れ上がり、力が入らない状態でしたが、予定通り旅行は続けられました。喜多方でラーメンを食べ、康一の曾祖母に会うために新潟にちょこっと寄りました。おばあちゃんはとっても喜んでくれて、「よーく来なさった、ありがとね」と私たちの手を握りしめてくれました。帰りがけには何度も何度も康一と私の手を握り、「また、元気で会いましょうね。今度は泊まってよ。ゆっくり景子ちゃんと昔話でもしたいわ」と言ってくれました。それが、おばあちゃんとの最後でした。翌年、九〇歳で亡くなりましたが、あの時のうれしそうな顔が今でも忘れられません。

§ わが家の不登校ライフ・たった一日で我が家が崩壊していく……

何だかんだあった旅行でしたが、無事、我が家に到着した私たちは、やれやれという感じでした。

その翌朝のことです。康一が突然、父親を「けんちゃん」呼ばわりし、夫が怒り出しました。やめろと言われても一向にやめる気配はなく、状況はますますひどくなります。次の日の朝は「けんバカ」、さらに次の日の朝は「けん坊」と呼び、夫と康一のバトルは連日続いていました。

そんな日の朝食後、食料の買い出しのために三人で市場に行ったのです。夫が前、その後ろを康一そして私と一列になって通路を歩いていました。すると突然、夫が「いてぇなこの野郎、何回も何回も人のかかと、蹴りやがって！」と康一を怒鳴りつけました。その口調に逆ギレした康一は、「僕の脚は長いんだからしょうがないでしょ！」と言い、そこから二人の大げんかが始まってしまいました。私は急場をしのぐため、二人の間に入って歩いたのですが、そのうち夫がぷいとどこかにいなくなってしまいました。

私はいつものことと思い、康一と買い物を済ませ駐車場に行くと、そこにあるはずの車がないのです。康一は「一人で帰っちゃったんだ。あったまにくる！」と怒り、私も夫の大人げない態度にうんざりしました。仕方がないので炎天下のなか、タラタラ文句を言う康一に共感しつつ、二人はくやしさから込み上げてくるエネルギーを燃焼させながら、三〇分もかけてやっと我が家に着きました。

夫はお酒を飲み居間で横になってテレビを観ていました。「どうして帰っちゃったの。たいへんだったんだから」と私が言うと、「車を移動させただけだ」と言いながら康一を指差し、「本当にあったまにくる！　こいつには！」とまだいらだちが収まっていません。数日前のコンサートでの転落の怒りもぶり返し、興奮は頂点に達せんばかりです。

康一の場合、そんな態度を見せてもまったく懲りないし、かえっておもしろがり挑発してくるのは長年の経験でわかっているはずなのに……と思った矢先、康一がやはり夫をからかい始めました。夫はお酒の勢いもあり、テーブルの上に駆け上がり、康一に飛びかかりました。そして馬乗りになって、やっつけ出したのです。私は「康ちゃん、逃げろ！」と叫び、夫には「やめろ！」と怒鳴りましたが、「なぜいつもこいつの味方ばかりする！」と今度は私に矛先が……。興奮状態でも私は矢継ぎ早にカメラのシャッターを切りました。夫の暴力行為を証拠に残そうと必死でした。

数日前までの楽しい旅行の思い出がみるみる崩れ落ちていくのを感じました。一向に止まらない夫の行動に、私は急いで電話を持って二階に上がり、中学校に電話しました。そして、生徒指導の先生に今の状態を話し、すぐ来てくれないかと頼みました。その年の四月から新しく生徒指導専任になったその先生は電話口でゲラゲラ笑い、「何やってんのかなぁ、上野。僕もこれから部活が入っているからなぁ。しかし、何やってんのかなぁ、ハハハハ……」と真剣に取り合ってくれません。その態度に腹が立った私は早々に電話を切りました。笑い話をしている訳でもないのに何が面白いのか、いまだにわかりません。

混乱したまま、次に「子ども・家庭支援センター」に連絡し、助けを求めました。「夫が息子に馬乗りになり、最悪の事態になるかもしれない」と話しながら、涙がぼろぼろ流れてきました。向こうからは、落ち着くようにということで話は終わりましたが、折り返し電話があり、「なるべく早いうちにケースワーカーと保健婦を交えて相談しましょう」

ということになりました。

§　LDから高機能自閉症

保健所の保健婦さん、ケースワーカーを交えての話し合いは、それから二日後に行われました。私たち夫婦の話をじっと聞いてくれたあとに出された結論は、康一を一度専門医に診てもらい、場合によっては薬を服用してはどうかということでした。私は薬にとても抵抗がありましたが、保健婦さんの「まず今の症状を抑えましょう。康一君も多分、相当疲れていると思いますよ」の話に納得し、病院の予約をとってもらいました。

八月のお盆の時期ということもあり、普段は混んでいる道路もすいていて、あっという間に横浜の大学病院に着いてしまいました。小児精神神経科の受付に行くと、必要事項を記入するようにと書類を渡されました。それは今まで数え切れないほど書いた生育歴でした。母子手帳を見るまでもなくスラスラ書けるはずの私でしたが、ふと手が止まり、この頃まではかわいかった、この頃までは優しい子だった、この頃はまだ学校に行っていたんだと、その時々のことが頭のなかでグルグル回りました。

その日は親子別々で医師との面接が行われました。まず康一が二〇分ほど話した後、入れ替わるように私たち夫婦が診察室に入りました。時間にして三〇分くらいでしたが、ここに来るまでの経緯を私が一気にしゃべりました。その内容は、親子三人が揃うと場の雰囲気がおかしくなり、けんかが絶えないこと。夫は「自立、自立」と先を急いでいるようで、それがたびたび康一の機嫌をそこね、トラブルになっていること。私は不登校の息子と毎日顔をつき合わせていなければならず、イライラすることなどです。

医師は私たちの目を見て、きちんと話を聞いてくれました。そして一つひとつの事柄にうなずきながら、カルテに記入していました。ひと通り話が終わると、医師の口から信じられない診断名が飛び出しました。

「康一君は高機能自閉症ですね」

「えっ⁉　ＬＤじゃないんですか。康一は話もするし、視線も合うし、とても活発な子です。それなのに自閉症なんですか？」

と私は疑問をぶつけました。

「そうですね」

平然と答えました。

私は正直、不服に思い夫と顔を見合わせてしまいました。当時の私は自閉症のとらえ方がとても狭かったため、どうしても明朗快活な康一が自閉症であるということが受け入れられなかったのです。でも医師のわかりやすい説明で、すぐに夫も私も肯定的に受け止めることができました。それは次のような説明でした。

「一九九九年七月、ＬＤの定義が出されたが、それによると、ＬＤはあくまでも学習（聞く、話す、読む、書く、計算する、推論する）に遅れがある子ということになり、今までの社会性の問題は外されている。よって、康一君のように勉強面よりも対人関係、社会性に問題のある子はアスペルガー症候群や高機能自閉症に診断名が変わった」

夫とその晩、「本当に早くわかってよかったね」とお互い、ほっとした気持ちになりました。診断名イコール解決では決してありませんが、診断名がわかることによって、その後の方針も打ち出せるし、情報収集にも的が絞れるので、親としてはかなり心にゆとりが持てるのは事実なのです。小学一年生でＬＤと診断された時には、私の心が一時不安定になり揺れ動いたことがありましたが、今回はしっかり康一を受け止めることができました。

§自転車屋さんが康一の居場所

私といつも行動を共にしていた康一が少しずつ私から離れていったのは、中学二年生になった頃からでした。マウンテンバイクが好きな康一は、毎月数冊の専門誌を買って読んでいましたが、ある時同じ区内にあるマウンテンバイクの専門店を見つけ、何度か買い物をするうちに店員のお兄さんたちとも親しくなっていきました。お店の名前は「コギー」。店内は明るい雰囲気で活気に満ちていました。自転車に詳しい康一は、時間を見つけては店に出かけ、店員さんと専門的な話をして楽しんでいたようです。そして毎週日曜日の朝に行われる「おはようラン」のサイクリングに欠かさず参加するようになりました。

また、簡単なお手伝いもさせてもらい、お兄さんたちの「康一、ありがとう、助かったよ」の一言が励みになっていたようです。

「コギー」に集まるサイクリング仲間は年齢層がバラバラでしたが、康一にとってはそれが幸いでした。なぜかというと、高機能自閉症の子の特徴のひとつに、同年代の子との付き合いが苦手ということがあるからです。同年代の子は対等に付き合ってくれることが少なく、どうしても排除されがちで傷つくことが多いのに対し、大人は広い心で康一を受け入れてくれるので安心なのです。

マウンテンバイクは山道を走る競技なので怪我はつきものです。康一もチェーンにすねをはさみ、骨が見えるほどの傷を負ったこともありましたが、そんなことでへこたれる彼ではありません。傷が治るか治らないうちに、また、マウンテンバイク用のヘルメットとコスチュームに身を包み、さっそうと乗り回すのでした。中学三年生の秋には、横浜の緑山スタジオで開催されたマウンテンバイクのレースにコギーチームの一員として出場するほどになりました。かなり険しい山道を走る激しいレースなので、途中で転倒したのか、身体中泥だらけ枯れ葉だらけになりながらも、平然と次の人にバトンを渡す康一。コギーメンバーの康一への激励の言葉を聞きながら私は、「すっかり、親の手から離れてしまった……」と感じていました。その日、康一はコギーメンバーの一員として行動していたため、応援に行った夫と私はレースが終わると、そっと会場をあとにしました。

§ 子どもにストレスを覚える日々

夏休みが終わった九月一日、いつものように玄関の掃除をしていると、真っ黒に日焼けした小学生たちが楽しそうに友だちと語り合いながら歩いて行きました。我が家と小学校とは目と鼻の先にあるため、朝の八時前後は登校する子どもたちでたいへん賑わうのです。康一がかつて元気に通っていた頃には、ほほえましく「行ってらっしゃい」と見送っていたものが、「なぜ、康一は学校に行かないの」「あの子たちの親御さんは今頃、それぞれの時間を楽しんでいるんでしょうね、きっと」という気持ちに変わり、嫉妬心からか学校に向かう子どもたちをニラみつけていた時もありました。と同時に、そんな自分自身の心の狭さがイヤでたまりませんでした。

玄関の掃除を終えて家に入ると、康一はまだ就寝中で朝食は手つかずです。いつの間にか私の日課となった怒鳴り声が家の外にまで響き渡ります。「康ちゃん、いつまで寝てるの！　そんなんだったら学校に行け!!」と決して本心ではない言葉を康一に浴びせ、自分のうっぷんをぶつけてはストレスを解消するという、何とも自分勝手な親でした。

私の「〜ねばならない」的発想は根強く残っていて、小鳥の世話、掃除、洗濯、庭の水やりは毎日欠かさずやっていました。今考えると、こうして私が動いている時間のみが康一の唯一くつろげる時間だったのかもしれません。

家事を済ませて、ふと見ると康一はテレビゲームに夢中です。その姿にまた、無性に腹が立ち怒鳴りつけるのです。それに対して康一も怒鳴り返します。

康一がただ家にいるだけなら、私もそんなにイライラしなかったのでしょうが、康一には高機能自閉症独特のこだわりがあり、昼食は十二時、夕食は六時と自分なりに決めてしまっていて、少しでも遅れるとパニックを起こすのです。また、自転車を改造するのが唯一の生き甲斐だった康一は、自転車専門店のコギーに行っては何かしら部品を買ってくるというのが日課のようになり、自分のお小遣いだけではどうしてもお金が足りなくなります。そのたびに我が家の家計の状態を話すのですが、康一は理解しようとせず、夫や私に

「じゃあ、もっと働け！」と言うあり様です。

たまには私も息抜きがしたくなり、夫の休日には日常とは異なる場を求めて、我が家を離れ、三人でドライブに行くのですが、これが康一にとっては無駄で苦痛な時間なのです。不本意ながら連れてこられた康一は、些細なことで大パニックを起こします。渋滞になればシートの上でドスン、ドスン。夕食の六時を過ぎれば、「飯！　飯！」と大騒ぎです。夫はいらだち、わざと急ブレーキをかけ、私は「学校に行かないくせに何なの、その態度は。お前が学校に行って普通の生活をしていれば三人平和で暮らせるのに！　明日から学校に行け！」と怒鳴るのです。まるで車内は阿鼻叫喚と化すのでした。

ただ、私は今でもバックミラーに映ったあの時の康一のさびしそうな顔が目に焼きついて離れません。「お前が学校に行かないから家のなかはめちゃくちゃだ」と言われ、いつもは反抗的な康一が一言も返さず、顔を窓の方に向け、涙をこらえるようにじっと外に視線を向けたまま黙っていたのです。バックミラー越しにそれを見た私は、康一のさびしさ、くやしさ、焦りを感じ取り、自分の言動にハッとして、自己嫌悪に陥り、目が涙で霞んでくるのでした。

第三章

息子の自立に向けて

第三章

息子の自立に向けて

上野　景子

§高校進学にチャレンジ

中学三年の夏休みが明け、康一は高校進学を考え始めていました。夫と私はそんな康一を応援し、どんな学校がいいか一緒に考えました。まず第一に康一の個性を伸ばしてくれるところ、次に成功体験をたくさん味わわせてくれるところ、そして、安心して仲間とのかかわりが持てるところと考えていった時、夫も私もひとつの学校が頭に浮かびました。それは北海道の北星学園余市高等学校でした。

ところが康一は反発しました。そんなに遠いところはイヤだ、家から追い出すのか、ぼくを北海道に捨てるのかと。夫と私は入学するかどうかは別として、とにかく見学だけでもしてみようと説得しました。康一は「寝台特急北斗星、それも個室に乗せてくれるなら行ってやる」と言いました。さっそく、大枚をはたいて北斗星のツアーに申し込みました。

十月の声と同時に、私と康一は北海道に向かいました。横浜に比べると北の大地は北風が強く、冬の訪れが感じられました。北星余市高校は札幌から小樽まで電車で行き、そこからバスで三〇分ほど日本海沿いを走ったところにありました。玄関を開け校舎内に入ると、暖房が効いているのか冷たい肌がゆるみました。職員室に案内された康一と私は、そこで衝撃的な面接をしました。先生は「へぇー、横浜から来てくれたの」と歓迎してくれて、その後、康一としばらく話をしていました。不登校になったこと、その後の生活、高校に入ったら何をやりたいかなどの質問に、康一は一つひとつしっかりと答えていました。そして先生が言いました。

「入学して困ったことがあったら何でも相談すること。一人で悩まないでね。担任の先生でなくてもいいのよ。でも、君みたいな子が三年間毎日通って、皆勤賞を取って卒業して行くのさ。先生にはわかるなあ、それが……」

暖かみのある先生の言葉に、私は胸がいっぱいになりました。康一にとってもそれは同じだったようで、先生の眼をしっかり見て話を聞いている姿が印象的でした。

三〇分ほど話をし、その後は校舎内を見学させてもらいました。せっかくの機会なのでと思い授業風景を見た私はびっくりしました。「学校」というものに対して、今まで私が抱いていたイメージが覆される思いでした。机の上にジュースを置く子、居眠りしている子、おおっぴらに友だちと私語を楽しむ子、真面目にノートをとる子、そして、そんな生徒たちを前に先生方は授業を進めているのです。「えーっ!?」唖然としました。髪の毛の色も派手で、耳や鼻にはピアス、私たちを見る目つきは鋭く、私は「とてもじゃない、こんな恐ろしいところへ、康一を入れることなどできない」と思ってしまいました。早々に見学を終え学校を後にしました。私はしばらく康一に声をかけることができませんでした。

余市駅近くの食堂で食事をとり、小樽行きのバスに乗った時のことでした。髪を金色に染めた北星余市高校の生徒らしき子が途中から乗ってきました。彼は後部座席に静かに座りました。途中の停留所から他校の生徒が乗ってくると、身をかがめるようにしているのが印象的でした。髪の毛の派手さからは想像できない態度でした。さらに驚くことがありました。終点小樽で彼より一足先に降りた私がおつりを取り忘れていたようなのです。後ろにいた彼が私に「おつり」と言って渡してくれたのです。「ありがとう」と受け取った私は急に恥ずかしくなりました。外見だけで判断し否定的に思っていた子が、実はなんて素朴で誠実なんだろうと。ずーっと黙っていた康一がやっと口を開いたのはこの時でした。

「いい子じゃん。みんないい子なんだよ。僕は北星に行く」

よっぽど康一の方が物事の核心を見ているんだなと頭が下がる思いでした。

康一の言葉で私も心が決まりました。その晩、家で待っている夫に、北星余市高校への熱い思いを報告し、家族三人の気持ちが久々にひとつにまとまりました。

§かわいい子には旅をさせよ

北星余市高校は全国から生徒が集まるため、地元出身でない生徒は下宿生活を送ることになります。そこで悩んだのが、はたして康一に下宿生活ができるかということでした。学校で生徒同士の問題があるということは学校側からも聞いていたので、私は余市でアパートを借りて康一と一緒に生活しようかと考えていました。夫もその方が安心だということで、不動産屋さんにも物件を当たってもらいました。

康一が週一回通っていた「子ども・家庭支援センター」の教育相談員も、「その方がいいよ」と私の意見に賛成してくれました。ところが、それに反対する人が何人かいたのです。まず一人目が児童相談所のカウンセラー。

「うーん、そうすることは今の状況とまったく変わらないんじゃないかしら。それはご主人と距離を置くことにはなるけど、大事なのは康一さんとお母さまが距離を置くことだと思います。私は一人で下宿生活をさせた方がいいと思います」

そして、大学病院の担当医師。

「最初からお母さんと一緒に住んで、徐々に離れて暮らすというのはむずかしいです。まず一人で行かせて、これはちょっと助けてあげないとと思った時にお母さんが向こうへいらっしゃるのがいいと思います」

さらに、不登校親の会「金沢にじの会」の顧問をしていた横浜市立大学教授（当時）の加藤彰彦先生も反対でした。

「うん。僕は一人で行かせた方がいいと思うな」

夫も次第に「二人で行ったら、また、母さんはワーっと怒鳴り、康ちゃんも反抗して、お互いによくないよ。一人でやらせてみよう」と言い始めました。

康一本人は「僕一人でいい!!」と言っているし……。

私は悩みに悩みました。

そうこうしているうちに学校説明会の日になりました。十二月八日、横浜の会場にはたくさんの人がいて、圧倒されましたが、受験生親子はごくわずかで、その大半が北星余市高校のＯＢや現役の父母でした。

面接を待っている間、私は今の心境を先輩父母に話しました。

「息子はいじめられやすいタイプなので下宿にしようか、それとも二人でアパートを借りて住もうか考えているんだけど」

すると十人が十人、次のように言いました。

「下宿にしなさいよ」

「子どもは北海道に行かせて、ご両親は地元で仲良く暮らした方がいいわよ」

「洗濯なんか心配することないって。けっこう一人でちゃんとやるんだから」

「第一、子どもが学校に行ってる間、何してるの？　ボーっとしているのよ。私は上野さんが言うように、アパート借りて一緒に住んでいたけど、一年経たないうちに帰って来ちゃった。子どもは下宿の方が楽しいって」

いろいろな話を聞きながら、私の気持ちは下宿の方に傾いていきました。そして、とどめの一言がありました。

「お子さんの気持ちはどうなの？」

「子どもは下宿したがっているのよ」

「じゃあ、それがいいよ」

私の心は決まりました。康一を信じて一人で出してみようと。

お正月気分も抜けきらない一月十三日、康一の面接入試が東京で行われました。

親子三人で面接を待っていると、まず康一が呼ばれ、緊張の面持ちで入って行きました。

数分後に、入れ替わりで両親の面接が行われました。その後、少し時間をおいて親子三人が呼ばれ、結果発表です。先生から「合格です。おめでとうございます」と告げられた時、私の顔はほころんでいましたが、同時に涙も出てきました。そして康一の肩をたたきながら、「やったね。よかったね」と何度も声をかけていました。当の康一はというと、なぜか呆然としていました。夜はお寿司で康一の合格を祝いました。筆記試験で不合格にならないよう、今まで以上に勉強することを康一は約束しました。

それから一か月後の二月二〇日、私と康一は真っ白に雪化粧した余市にいました。子どもたちが筆記試験と面接を受けている間、全国から集まってきた父母たちは体育館で待機していました。そこには入試独特の親同士が火花を散らすような緊張感は微塵もなく、気がつくと自然に会話を楽しんでいる、そんな和やかな雰囲気に包まれていました。

一週間後、郵送で合格通知が届いた時には康一と手をたたき合って喜びました。そして急いでお赤飯を炊き、次にお世話になった方々へお礼の電話をかけまくりました。

康一にとっては生まれて初めての「合格通知」だったので、本当にうれしかったようです。合格通知を手にした康一はがぜん自信を持ち始め、中学校卒業後の春休みにはアマチュア無線の国家試験にも挑戦し、見事一回でパスしました。この頃の康一は、冬の間じっと寒さに耐え忍んでいた樹木が、雪解けと同時に芽を吹き、どんどん伸びていくような感じに見えました。

§ 子離れのとき

北星余市高校の合格通知を手にして十日後くらいに、中学校の卒業式がありました。康一は式には参加せず、その日の午後、校長室で個別に卒業証書を授与されました。中学校には未練もなく、それよりも新しい旅立ちに康一も私も胸がいっぱいでした。

四月十日、康一と私は、その年四度目の北海道入りをしました。横浜は桜の季節だというのに、北の大地はまだ根雪が残っていて春とは名ばかりでした。

北星余市高校の入学式当日は雨まじりの天気でした。とかく入学式というと華やかなイメージが強いと思いますが、そこにはおごそかな雰囲気が漂っていました。新入生が着席して式が始まりました。

「あっ、康ちゃんがいる」

「康ちゃんがみんなの中に混じって座っている！」

それを見ただけで私はもう胸が熱くなり、唇がわなわな震え、涙があふれてきました。小学校時代、座っていられないと怒られてばかりいた息子。いじめにあい、つらかった毎日。そして中学校での二年半の不登校が頭の中をグルグル回り、今こうして高校の入学式に臨んでいるというのが嘘のようでした。生徒会長の言葉も立派でした。そして、最後に全職員で「嵐」の合唱をしました。その歌詞が今までの子育て人生にぴったりきて、またまた感動の涙に声を押さえるのがやっとでした。それは私だけではありませんでした。後ろの席からも横の席からも鼻をすする音が聞こえ、前の人に目をやると、どの人もハンカチで涙をぬぐっているのがわかりました。みんなそれぞれここにたどり着くまでにたくさんの修羅場があったんだろうなとあらためて実感しました。

入学式の後にクラス懇談会がありました。担任の吉田美和子先生の、「入学おめでとうございます。北星に入ると子どもは変わると思っているかもしれません。でも、結果はそんなにすぐに出ません。とにかく待ってください。一年の長いサイクルで目標をたてるのではなく、一学期、いや一か月、一週間の単位で本人のがんばりを認めていきましょう。そして、長い目で見てあげてください。父さん、母さんに再度お願いです。待ってあげてください」というあいさつがとても印象に残りました。個人的に相談がある人は残ってくださいということで、私もそのなかの一員となり、康一のことをしたためた手紙と私たちの本を渡しました。その際「よろしくお願いします」と言うのが精一杯で、あとは涙で言葉にならず、頭を下げるばかりでした。

その後、下宿に立ち寄り、おじさん、おばさんに挨拶をしたあと、いよいよ康一との別れです。おじさんが車で小樽まで送ってくれるという話を聞きつけ、「僕も行く」と康一も同乗しました。横に並んで座った康一を時々見ながら、はたして十五歳になったばかりの子をここに置いて行っていいものか、いやいや、本人が決めたことだからこれでいいんだという二つの考えが交錯しました。二〇キロの道のりがやけに短く感じられ、あっという間に小樽に着いてしまいました。車を降りる寸前、私は康一の手をしっかりと握りしめ、「元気でがんばってね」と言い、車を降りました。康一は走り去る車のなかからずっと手を振っていました。

千歳の街のあかりがちらちらと線を描くように空港の周りを照らしていました。いよいよ離陸の瞬間、それまで平常心だった私の鼓動が高まり、それと同時に街のあかり一つひとつがぼんやり大きくかすみ始めました。

一時間半の飛行時間、私は魂を抜き取られたかのように呆然と窓の外を見ていました。飛行機の窓ガラスは鏡のようになっていましたが、窓側に座った私には夜空いっぱいに、さっきまでの康一の笑顔が浮かんでは消え、消えては浮かんで見えるのでした。

§入学後いきなり担任からの電話

康一がいなくなった我が家は灯が消えたようで、私は腑抜け状態で心ここにあらずといった感じでした。暇さえあれば北の空を眺め、康一の健康を祈りました。

入学して六日目の夕方、担任から電話が入りました。話の内容は次のようなものでした。

「実は、康一君がある先生の授業のなかで発言をしたところ、クラスの何人かが康一君の物真似をしたんだそうです。お母さんからいただいた手紙と本を読ませていただいて、私もいろいろ勉強させてもらいましたが、やはりこういうことは小さいうちに解決しておかないといけないと思うんです。それで、もしお母さんの許可が出るのであれば、この問題を職員会議で話して、全職員の共通理解を図りたいのですが。そこで、お母さんからもらった手紙を配ってもいいですか。それから子どもたちにも康一君のことを知ってもらった方がいいと思うんですよ。クラスのなかで話してもいいでしょうか」

「いっこうにかまいません。よろしくお願いします。」と答えました。

康一は幼少の頃から口が達者でよくしゃべる子でしたが、不登校になってからは家族以外の人と話す時には警戒心からか、口調がゆっくりになりました。「はい」も「は・い」というテンポだったので、そのあたりをからかわれたのでしょう。

それにしても北星余市高校の先生はすごいと思いました。今までの義務教育のなかではいじめやからかいが日常茶飯事だったのに、それを見逃さずにすぐ担任の先生に連絡し、担任の先生は家庭に連絡するという連携に頭が下がりました。さらに解決策まですでに考えていて、地理的には遠く離れているけれど、とっても気持ちの一体感みたいなものがあり、私は安心して話を聞くことができました。

それから何時間くらい経ったでしょうか。夜九時を回った頃、再び先生から電話があり、「お母さん？　今やっと全部の下宿を回り終わったところです。一人ひとりに康一君の障害について話してきました。どの子もよくわかってくれました。特にからかった主謀者の子は涙ぐんで、『そんなつもりじゃなかった。康一が自閉症だなんて知らなかったから……』と謝っていたから、お母さん大丈夫です。安心して下さい。あとね、さっきはクラス全体に話すと言ったけど、やっぱり一人ひとりに語りかけないと伝わらないと思ってこのようにしました。ご心配おかけしたと思いますが、安心してください」と話されました。

夫と私は再び、びっくりしました。そして、全部の下宿を回って、一人ひとりに話をしてくれたということに、「やっぱり北星は違うね」とお互いに笑顔で話しました。今までいじめにあって、笑える結末なんてなかった私たちにとって、北星余市高校の対応の早さは本当に親も子も守ってくれる頼もしいものでした。

その翌日から、康一をからかった張本人の子は、打って変わって康一の用心棒のようになり、休み時間には寄り添って歩き、康一を守ってくれたそうです。何ともほほえましく、うれしいことでした。

§ピカピカの高校生活

北星余市高校には自宅からの通学生もいますが、ほとんどの生徒は地元を離れて下宿生活をしています。その下宿生が春夏秋冬の長期休暇以外に唯一里帰りできるのが、五月のゴールデンウィークです。その年によって違いますが、授業の振り替えをして、連続十日前後の休みになるのです。

ところが康一は、一年生にもかかわらず帰って来ませんでした。下宿の先輩たちと山菜摘みに行ったり、余市の町を探検したりして過ごしていたそうです。そんな康一に、私はさびしさを通り越して、頼もしささえ感じていました。

ゴールデンウィークが終わると、今度は授業参観とPTA総会のため、親が北海道に行く番です。羽田から千歳、千歳から小樽、そして小樽からバスに揺られ、だんだん余市のシンボル、シリパ山が近づいてくると、自然に胸がわくわくしてきました。バスが余市駅に到着し、降りようとした私はびっくりしました。康一が自転車にまたがり停留所で待っていてくれたのです。バスの中の私を見つけると、右手を高くあげ、にこにこしている康一。私も思わず「久しぶり！」とバスの中から手を振り返していました。

「康ちゃん、ありがとう。一緒にごはん食べる？」

「うん」

駅前の食堂で久々に一緒の食事。以前の康一からは考えられないほど穏やかな顔、穏やかな口調になっていました。食事が終わると自分の食器だけでなく、私の分まで後片づけしてくれる康一に私は目を見張るばかりでした。

その日は康一の下宿に泊まり、翌日、私はのんびりする暇もなく、授業参観、薬物に関する講演会、ＰＴＡ総会、夜は先生方を交えての懇親会と行事が盛りだくさんでした。

康一の下宿はシリパ山のふもとに位置し、約四〇軒ある下宿のなかでももっとも遠く、学校まで距離にして五キロもありました。しかし、マウンテンバイクが趣味の康一にとって、往復十キロの自転車通学は楽しみのひとつでもあったようです。ヘルメットをかぶり、さっそうと走る姿は以前とちっとも変わりありませんでした。

康一と再会したのも束の間、私は三日目の朝、余市をあとにしました。お互い気持ちをうまく言えない私たちは最後に固く握手をし、そのぬくもりを感じながら無言の会話を交わし、別れました。

五月の下旬には生徒会主催の研修旅行があり、康一はカムイ岬見学を含む積丹半島への一泊旅行に参加しました。康一はその時の感想を次のように話してくれました。

「海がすごくきれいだったよ」

久々に聞く感動の言葉でした。ここ二、三年の会話と言えば、「うるせえ」「だまれ」「死ね」でした。そんな荒れた心が嘘のように、自分の気持ちを素直に語ってくれた康一の言葉にうれしくなり、私の方が返す言葉を失ってしまうほどでした。それにしても、北海道の雄大な自然というものは、人間の心をここまで素直にしてくれるものかと感心しました。そして、康一の入学とすれ違いで退職された前校長先生の講演会での言葉を思い出しました。「北星余市の先生たちやその取り組みは素晴らしいが、それだけではない。海があり、山があり、ブドウ畑がある、そんな余市の自然が子どもたちを育てるのです」

六月には高校の名物行事である強歩遠足に参加するため、私は北海道へ飛びました。康一と同じ体験をして、感動を共有したいと思い、母子ともに三〇キロコースにエントリーしました。午前八時、私は集合場所である余市駅にいました。康一を見つけお互いに励まし合いましたが、康一はすぐに仲間の方へ行ってしまいました。

スタート地点までは電車に乗って行きます。思った以上の乗車時間と一緒に歩く仲間もいない私は、段々不安になり「この参加は無謀だったかしら」と思い始めました。でも乗りかかった船、やるっきゃないと思い覚悟を決めました。最初の十キロこそ楽に歩いた私でしたが、やはり三〇キロの道のりは険しく、峠越えでは上るよりも下りのつらさを知りました。脚が一向に前へ進まず、どんどん前の人と離れていくこともありました。逆に、疲れ切って道端で休んでいる生徒に励ましの声をかけることもありました。やっとの思いでゴールインしたのは、出発から七時間経った夕方四時過ぎでした。

康一はそれより一時間も早い三時頃にすでにゴールしていました。お互い顔を合わせた時には、それまでの疲れが一気に吹っ飛び達成感でいっぱいになりました。

「康ちゃん、がんばったね」

「楽勝だよ。それより母さん、遅かったね」

小中学校時代、何でも面倒くさがり、つらいことから逃げていた康一が、北星余市高校に入ってからは一つひとつの行事に前向きに挑戦しているのです。その姿は輝きを放っていました。

§下宿のトラブル

横浜に帰った九日後、担任から電話がありました。

「康一から下宿でいじめにあっているというSOSのメールが学校側に届いたんです。それで調べたところ二人の生徒がかかわっていたことがわかり、指導部が今、その二人を謹慎処分にしました」

「え？　下宿のなかで？」

「そうなんです、お母さん。音楽の先生に再三メールが届くので、指導部でそれを調べたところ、いじめが発覚したんです。サッカーをやっているふりをして康一めがけてボールを蹴ったり、ミスしたからと言っては部屋からジュースを持って行ったり、携帯電話を勝手に使ったりされたそうなんです。毎日毎日で本人もつらかったようで、話をしながら涙も見せていました」

私は一言も聞き漏らすまいと受話器をギュッと耳に押し当てながらも、一方では康一のようすが目に浮かび、胸がドキドキして涙があふれてきました。

強歩遠足の前からすでにそのようなことがあったそうで、なぜその時話してくれなかったのか、話してくれれば力になれたのにと切ない思いでいっぱいになりました。でも、よくよく考えてみると康一なりに親に心配かけまいと必死だったのでしょう。

くしくも私はその翌日から横須賀の小学校に非常勤講師として勤務することになっており、このまま仕事に行っていいものかどうか、動揺した気持ちを先生に告げると、「母さんは心配しないで仕事をして下さい。康一のことは学校の全職員で守るので」と力強い言葉をいただき、心がスーッと楽になりました。

その後、その時の状況や康一のようすを聞きたくて下宿のおじさんに電話をすると、「今の遊びは蹴ったりもする。あれはいじめじゃない。遊びだったのさ。今までこれで康一は仲間とバランスがとれていた。康一は冗談が通じない。下宿のなかでも康一にかかわるとたいへんなことになるということで、今、康一は浮いている状態なのさ」と学校側とは異なった言い分でした。

しかし下宿のおじさんが何と言おうと、学校側としては、いじめの加害者の二人を謹慎処分にして地元に帰しました。そのような学校側の対応に安心感と信頼感を覚えた私たちですが、一方で処分が明けて加害者の二人が下宿に戻ってきた時、今まで以上にいじめられるのではないかという心配もありました。しかし、そのあたりのことも充分に考えてくれるのが北星余市高校で、主謀者を強制的にほかの下宿に移動させ、二度と康一にかかわらないよう指導してくれたので、その後、彼らが康一にちょっかいを出すことは一度もありませんでした。

ところが下宿との問題は尾を引きました。夏休みに帰ってきた康一の話を聞くと、最初に高機能自閉症であることを充分に説明したにもかかわらず、きちんと理解されていないのではないかと思うようになりました。

そして、十一月の寒い雪の夜、下宿から迎えの車を出してくれず、康一は一人で学校から歩いて帰り、十一時過ぎにやっと帰宅できたという決定的な事件が起きました。冬は道路が凍結するので自転車通学を禁止し、その代わり登下校は車で何度でも送迎する約束になっていました。ところが寮会議で下校時の迎えは一日二回と変更になってしまいました。康一の部活は終了時間が遅いため、二回目の迎えにも間に合わないということでした。康一はその変更に唯一反対したけれども却下され、取り合ってくれなかったそうです。

結局、学校側とも相談して二学期の終わりに下宿先を変えることになりました。

§高校での部活動

康一は高校ではバレーボール部、野球部、囲碁部、バドミントン部と四つの部を渡り歩きました。そのなかでも、もっとも仲間とうまくいき、充実していたのがバドミントン部でした。最初は同好会として二年生の四月から出発しましたが、康一たちが学校側に交渉し、活動が認められ、途中から正式な部に昇格しました。そして三年生の夏にはなんと、高体連の試合にまで出場することができました。

部員は八人で部活の練習以外にも、休日には小樽に遊びに行ったり、公民館で一緒に勉強したりしていました。中学校までは協応運動が苦手で、お世辞にも運動神経がよいとは言えなかった康一が、練習することでいろいろ変化し、どんどん技術が向上していきました。帰省の折に何度か夫と地区センターで打ち合いをしていましたが、高校三年生の夏には完全に打ち勝っていました。

また、以前は負けると必要以上にくやしがったり、パニックを起こしたり、わざとふざけたりしていたのが、もうそんなこともなく、休憩なしで真剣にプレーし、かえって夫の方が疲れ果ててプレーが乱雑になる始末でした。

帰省中もバドミントン仲間とは東京で待ち合わせて出かけたり、メールのやりとりをしたりと、本当に仲がよく、彼らに「青春」を感じました。

三年生の強歩遠足ではバドミントン仲間全員で七〇キロを完歩しました。午前〇時に小樽駅前をスタートし、その日の夕方に学校にゴールするのですから、約十六時間歩くわけです。途中、仲間が歩けなくなった時、トップをめざしていた康一が足を止め、その子のそばにずっと寄り添っていたそうです。その話を知ったのは、後日その子のお母さんと会った時、「康一君には強歩遠足の時、本当にお世話になったの。ありがとう」と涙を浮かべながらお礼を言われた時でした。親が知らない康一の姿を見せられた気がしました。

彼らは部活や遊びだけでなく、勉強に関してもともに励まし合い、定期試験が近づくと自然に学校に集まって勉強していました。

「人間はやっぱり仲間のなかで成長するんだね」と夫がポツリと言った言葉に、私も心から共感しました。バドミントン部のみんな、ありがとう！

§ 親から見れば謹慎処分も成長のあかし

高校生活も折り返し地点を過ぎた二年生の十一月のことです。
「康一が下宿で仲間と飲酒をしたため謹慎処分にします。明日、自宅に帰しますので、よろしくお願いします」と、学校から電話がありました。

エッ!? 康一がお酒を？ 信じられない話でした。受話器を握っていた夫が「それで、本人は反省してますか？」と聞くと、「今はものすごく反省しています」との返事でした。先生のお話によると、康一は仲間のなかで最後の最後まで進路の決まった先輩をかばい、当の本人が白状したのも知らずに、ずっと認めなかったそうです。そのため指導部の先生からかなりきつく、長時間にわたり問い詰められたそうです。

それを聞いて、夫も私も未成年者の飲酒がよくないことは重々承知しており、お世話になっている先生方や学校に対しても申し訳ないことをしたという気持ちでいっぱいでしたが、反面、友だちをかばうことができるまでに心が育ったこと、そして融通のきかない息子が羽目を外したことに、不謹慎ではありますが拍手を送りたい気持ちになりました。北星余市高校の校歌に「仲間　友情　団結」という一節がありますが、康一もいっぱしの北星余市の生徒になったんだなぁと感じました。

翌日、康一は申し訳なさそうに帰ってきました。北星余市高校の自宅謹慎は実に厳しいものでした。朝起きると、まず担任の先生に電話を入れ、一日の予定を連絡します。そしてOKが出るまで、毎日、何回も何回も反省文を書いてはファックスで送るのです。国数英の大量の課題プリントも出されました。また、いつ学校から連絡が入るかわからないため、家から一歩も出ることができず、康一は相当参っていました。とにかくたいへんでした。

そして、約一週間後に、ようやく学校から謹慎解除の決定が下されました。康一は大喜びで、「明日から学校に行ける！(^^)」と私の携帯電話にメールが入ったほどでした。

謹慎期間中、クラスや部活の仲間から「早く戻って来いよ」とメールが入り、謹慎が明けて学校に行った時には仲間から声をかけられ、仲間の大切さ、ありがたさも同時に学んだようです。

§　小型船舶の免許に挑戦

高校一年生の冬休みに帰省した康一が突然、「小型船舶の免許を取りたい」と言い出しました。そこで近くのマリーナに詳細を聞きに行ったところ、十六歳にならないと受験資格がないということだったので、十六歳になってすぐの春休みに受験することにしました。ところが康一は普段は北海道にいるため、春休みやゴールデンウィークに実施される国家試験しか受けられないわけで、そうそうチャンスはないのです。まずは春休み中の学科試験に臨みましたが、残念ながら不合格だったので、ゴールデンウィーク中に再受験して見事合格しました。次は実技試験ですが、長期休暇と講習や試験の日程の折り合いがなかなかつかず、やっと受験できたのが学科合格から約一年後の高校三年生のゴールデンウィークでした。結果はこれまた見事合格！　まさに一年がかりの長期戦でしたが、この時の康一は本当にうれしそうでした。私はまさか取れるとは思っていなかったので、驚きと同時に喜びもひとしおでした。受験するには事前に講習を受けなくてはならず、その都度、新千歳空港と羽田空港の往復航空運賃が必要で、莫大な費用がかかったわけですが、合格の瞬間、それまでの出費と苦労がすべて帳消しになりました。

その年の夏休み、船の試乗会に参加した私たちは、息子康一の操縦で東京湾のクルージングを楽しみました。まさか息子の操縦でクルージングができるなんて夢にも思っていなかった私たちにとって、このクルージングは今までで最高のものとなりました。

さらに半年後の三月、高校を卒業した康一は一級の試験に挑戦し、またまた見事合格してしまいました。自分の夢に向かって一歩一歩確実に歩んでいる康一がうらやましくもあり、まぶしくもあり、そして、誇りでもあります。

「母さん、僕が操縦して、いつか船の旅に連れてってあげるね」との康一の言葉。首を長くして待っているわね……。

§夏休みに見えた将来

高校三年生の夏休みも、康一はなかなか我が家に帰って来ませんでした。その理由のひとつはバドミントン部の試合があったことです。下宿には学校との取り決めがあり、学校が長期休業に入ると同時に下宿は閉ざされ、そこに泊まることはできなくなります。しかし試合は夏休み中にあるのです。どうしても二泊分の宿を確保する必要があり、そこで康一たちはどうしたかというと、まず下宿に直談判しました。しかし、試合が公式戦ではない小樽市民大会だったために、例外を認めるわけにはいかないということで、けんもほろろに断られました。

次にみんなで考えたのが合宿でした。顧問の先生に申し出て何日も話し合った結果、校内での合宿が認められることになりました。康一たちは大喜びで、まるで修学旅行のような二泊の合宿生活を楽しみました。試合は大敗でしたが、どの子も一生懸命練習し、全力を出しきった結果だったので、悔しさよりも充実感でいっぱいだったようです。

普通ならこれで帰省するはずが、康一はまだ帰って来ません。その理由のふたつ目がペンション「がんば」でのボランティアでした。オーナーさんは次のように話してくれました。

「初めて康一君と出会ったのは、彼が小学校五年生の時でした。がんばサマーキャンプに参加した彼の印象は、色の白い、細くて弱々しそうなお子さんだなというものでした。しかし会うごとに康一君はたくましくなり、がんばサマーキャンプのボランティアさんとしてお手伝いに来てくれた時は本当にびっくりしました。背は一七五センチにも伸び、体格もがっしりしていました。子どもたちにとっても面倒見のいい優しいお兄さんで、疲れていてもグチひとつ言わないで、黙々とお世話してくれました。野外キャンプ、登山、入浴の世話、子どもたちの身辺整理、かつ自分のこともしっかりやり、一週間、根をあげずにやり通してくれました。夜のミーティングで、自分が高機能自閉症であるということをみんなに告げたことにも驚きました。もう自分をきちんとコントロールできて、自信も社会性も身についている康一君がそこにいました」

康一が帰ってくると、我が家はまた花が咲いたように賑やかになり、家の中は笑いで満ちあふれていました。

康一はゴールデンウィークの頃から、将来は作業療法士になって障害児や障害のある人たちの役に立ちたいと言っていましたが、「がんば」でのボランティアで自信を深め、この頃からその夢を本気で考えるようになりました。

夫は康一の話を真剣に受け止め、作業療法士の専門学校を調べ始めるなど、具体的に動き始めました。私としては、はたして康一に人間相手の仕事ができるのだろうかと心配で、夫とは逆にずっと反対していました。ところが、大学病院の先生や児童相談所のカウンセラー、南部地域療育センターの作業療法士の方にそれぞれ相談してみたところ、みなさんから「やらせてみたら」という助言をいただき、私も次第に康一を応援するようになっていました。

§自分の夢に向かって

康一はどこでどう調べたのか、学校案内をどんどん取り寄せていました。それも二部ずつ取り寄せ、一部は下宿、もう一部は私たち両親の元に送るように手配していました。そして、これはと思うところの学校見学にも積極的に参加していました。今まで常に親が先導していたのに、いつの間にか立場が逆転しているようで、もう親の出る幕はない、出すのはお金だけという何とも言えないさびしさを感じ、康一が遠い存在に思えてきました。

康一は自分の夢を語って私たちの了承を得ると、本気で学校選びを始めました。そして、選んだのが何と南国沖縄の学校でした。高校を卒業したら地元に戻ってくるとばかり思っていた私には、何ともつらく心配な選択でした。どうしても自宅から通える学校にさせたい私に、「康ちゃんが自分で決めたんだから、母さんは口出しするな」と夫は怒り、何回も夫婦げんかをしました。そんなことには目もくれず、康一は余市で着々と準備を進めていました。推薦入試は何回か実施されることになっていましたが、康一は第一期の十月を選びました。そして、受験に向け、面接と小論文の勉強が始まりました。

沖縄は車社会であり、試験会場へ行くにもレンタカーがないと不便だということで、試験には夫が喜んで付き添って行きました。夫はほとんど観光気分でした。なぜなら募集定員四〇名に対して、入学試験は推薦入試のほかにＡＯ入試も何回かあり、一般入試に至っては三月まで六回もあるのです。しかも康一の受験番号は一番。人が集まらず、下手をすれば定員割れになるのではないか、試験会場まで足を運び、名前さえ書けば合格だと高をくくっていたのです。ところが、夫は試験会場をのぞいてびっくりしてしまったそうです。そこには明らかに募集定員をはるかに超える人数がいたからです。この時点で夫は「こりゃだめだ」と思ったそうです。康一も人数の多さに圧倒されたようですが、面接も小論文も精一杯の力を発揮したそうです。

受験に同行した夫の役目も羽田までで、康一はそのまま飛行機を乗り継いで余市に帰ります。その別れ際、夫は康一の健闘を讃えながらも、「康ちゃん、次の進路も考えておきなよ」と声をかけたそうです。康一もその言葉に静かに、「うん」とうなずき、ゲートに消えていきました。帰宅した夫の話を聞いて、私も半ば諦めました。そしてほかの学校を探し始めました。自宅から通える学校を……。

試験から数日後のお昼過ぎ、夫と一緒にスーパーで買い物をしていた私の携帯電話が突然鳴りました。

「母さん？　合格してたよ!!　合格！　合格通知もちゃんと入ってるよ！」

興奮気味で、いつもより早口でしゃべる康一の声が聞こえてきました。

「本当？　すごいじゃん！　よかったね。おめでとう、康ちゃん」

私も思わず興奮して、口早にしゃべっていました。周りの景色が一瞬にしてパーッと明るくなったように見えました。そして康一が声を弾ませて言いました。

「これから学校に報告に行くんだ！」

とにかくうれしくて、何度も何度も夫と顔を見合わせては笑みがこぼれてきました。

夜、担任にお礼の電話をかけました。先生は喜びよりも驚きの方が強かったようです。

「おめでとうございます。合格通知を見ました。早速コピーしました。補欠ではありません。いやあー、びっくりしましたぁー」

私たちも、五倍くらいの倍率を突破して合格したことが未だに信じられません。

後日、康一に、いったいどんな試験だったのか尋ねてみました。

「面接と小論文があってね、面接ではなぜ作業療法士になりたいかと聞かれたんだぁ」

「へぇ、それで、なんて答えたの？」

「僕は高機能自閉症です。そのため、小学生の頃、作業療法士の先生にいろいろお世話になりました。僕がここまで来れたのは、その先生のお陰です。今度は僕が作業療法士になって、障害のある人たちを助けたいと思いますって話したんだよ」

「へぇー、自分の障害を話したの。それで小論文は？」

「医療関係の新聞のコピーが配られて、自分の考えを書くんだけどね」

「どんな記事？」

「よく覚えていないけど、リハビリに関するもの。僕は安易に身体が不自由になったからといって、車イスに頼るのは良くないって書いたの」

「どうして？　車イスは楽でいいじゃない」

「だからね、ダメなんだよ。まずは自分の可能性を試さなくちゃ。手すりや杖を使っての歩行訓練をして、自分の足で歩けるように体力をつけることが大切って書いたんだぁ。でも、つらいリハビリは続かないでしょ、だから楽しいリハビリを考えることが作業療法士の技量だみたいなことを書いたの」

夫と私はその話を聞いて、なるほどと感心してしまいました。

子どもの評価なんて、小中学校で決まるものではないと確信しました。やりたいことが本当に見つかった時、人は本来の実力を発揮するし、それが自立への第一歩なのです。私たちは息子康一にそれを教わりました。

「夢はにげない　おれたちの方が　いつだってにげている」

故岡本太郎画伯の弟子であり、余市町在住の抽象画家中村小太郎画伯の言葉です。

§琉球への旅立ち

高校の卒業式の翌日、私たち家族三人は揃って余市をあとにしました。出発のその日まで一緒に荷造りをするという慌ただしさでした。最後に、下宿のおじさんやお世話になった方々に挨拶をして回りました。下宿のおじさんが康一の前に手を差し出し、「じゃ、康一君、元気でな」と目を潤ませながら固い握手をした時には、横にいた私までジーンとなりました。いよいよ余市ともお別れというのに、「また、いつでも来れるさ、ここは故郷だもの……」という気持ちがあり、私たちは意外と明るい表情をしていました。

二〇〇五年三月三一日、私たち三人は那覇空港に降り立ちました。ついこの間まで白銀の世界にいたのが嘘のように、目の前には色鮮やかな花が咲き乱れ、商店ではクーラーが動き、い草の商品から夏の香りを感じました。ずいぶん遠くに来たもんだとあらためて思いました。その日は日用品の買い出しに追われました。炊飯器に電子レンジ、掃除機、布団、食器、当座の食料などなど……。いよいよ一人暮らしの始まりです。

翌日、入寮の許可があり荷物を運び入れましたが、康一はオーディオのセッティングに大忙し。夫や私が「今日からこの部屋に住むんだから、生活に必要なものから先にやりなさい」と諭しても、「音楽がかかっている方が能率が上がる」と言って、康一は平然と作業を続けていました。夕方には、どうにかこうにか、生活できそうな部屋が完成しました。

そして四月二日、入学式の日です。その日は朝からあいにくの大雨でした。寮に迎えに行くと、康一は学校指定の紺のブレザーに紺のスラックス、赤いネクタイという装いで私たちを待っていました。

会場の体育館の玄関には入学式の立て看板が、中にはステージいっぱいに横断幕が掲げられてありました。式はとても厳粛なムードで行われ、北星余市高校とは別の雰囲気を感じました。しかし、康一はそのなかにすっかり溶け込み、起立、礼、着席の指示に滞りなく対応していました。そして立派になったなと感じたのは、式終了後に各科ごとに整列し、記念写真を撮っている時でした。康一も含め、どの子も作業療法士をめざすだけあって、優しさに満ち、かつ引き締まって見えました。背が高い康一は最後列で胸を張り、希望に燃えた顔をしていました。

私は何度も「つらくなったら休んでもいいし、帰ってきてもかまわないからね」と話しました。康一はその都度、笑顔で「大丈夫だよ」と答えていました。翌朝、私はどうしても元気な康一にもう一度会いたくて、寮に向かいました。部屋に入ると、何やら香ばしい香りが……。早速自炊をしていました。会ってしまうと不思議とお互い話すこともなく、ただただ時が流れて行きました。そして、私たちは午後の便で羽田に戻って来ました。高校三年間の別居を経験しているせいか、涙もなく、すんなりと別れられました。

§医療機関との相性

十一月の初め、私たち夫婦は、沖縄を訪れました。目的は、康一を診てくれる病院を沖縄でも見つけておいたほうがいいという大学病院の担当医師の提案によるものでした。

いわゆる発達障害を診てくれる医療機関については地域によって差があり、康一の住んでいる近くには、日本自閉症スペクトラム学会や日本ＬＤ学会の資料を調べてみても、適当な病院は見当たりませんでした。そこで、那覇の保健センターに問い合わせたところ、割と近いところに病院があることがわかり、早速予約を入れました。すると、初診時には親御さんにも来てほしいということでしたので、今回の旅行となりました。

大きな病院にしては患者さんは少なく、待合室はガランとしていました。康一の名前が呼ばれ、三人で診察室に入っていくと、そこには若い医師がいました。康一の生育歴に関してはすでにかかりつけの医師から資料が送られていましたので、一から話す必要はありませんでした。医師から、今、困っていることは何ですかと聞かれ、融通が利かないという自閉症の症状、たとえば、ルールやマナーを守らない車や危険な運転に対してすぐにクラクションを鳴らしたり、パッシングをしたりするので、トラブルに巻き込まれやしないかととても心配なこと、金遣いが荒く、いくら注意しても直らないことなどを話しました。医師は康一を説得していましたが、私には何か熱意のようなものが感じられず、ただ表面的に言っているだけのように思われ、医師の表情もどこか冷たく見えました。

「あの先生で大丈夫かしら?」

私は一抹の不安を感じましたが、夫も同じ考えでした。

その後、月一回通院することになりましたが、康一によると「ただ話を聞いてカルテに書いているだけで、あまり意味がない。勉強時間が無駄になるだけだ」ということで、気が進まないようでした。

そして、年が明けた一月四日の出来事が、そんな不信感を決定的にしました。

この冬休み中、車のクラクションやパッシングがますますエスカレートしたため、再三注意したのですが、康一はまったく聞く耳を持ちません。それどころか逆ギレして、アクセルを思いきり踏んだり、急ブレーキをかけたりと、同乗している私たちは腹が立つと同時に怖い思いを何度もさせられました。

そんな運転を医師からも注意してもらおうと考えた私は四日の朝、沖縄の病院に電話を入れました。

「お母さんねぇ、話をしたからって、すぐ変わるわけじゃないですよ」

医師の第一声がこれでした。

「それはもちろんわかってますけど、親以外の第三者からも言ってもらえると、少しは効き目があるんじゃないかと思いましてお願いしたんです」

「だからね、話したからって、クラクションを鳴らすのをやめるかというと、そうはならないんですよ」

「そりゃ、すぐに変わるとは思いませんよ。ただ、親がいくら言っても聞かないので、先生からも口添えしてもらえると、本人もやっと親の言っていることも正しいんだなと感じ、少しは安全運転してくれるんじゃないかと思いまして」

「あのねぇ、お母さん。こういう話なら毎月康一君が通院する時にお母さんも一緒に来てもらいたいんですよ」

「毎月ですか？」

あまりにも現実離れした話に驚く私にはおかまいなく、医師はいかにも当然とばかりに続けるのです。

「そうですよ。こちらも病院ですから、こうやって話している間、患者さんを待たせてしまうわけですからね」

「……わかりました」

大きな壁が目の前に立ちはだかって、どうにも動きがとれなくなっていくのが自分でもわかりました。この医師にはこれ以上言っても無駄だと感じた私は受話器を置きました。

「どうした？　何だって？」

呆然としている私を心配した夫の問いかけが、かすかに聞こえたような気がしましたが、私の頭の中はごちゃごちゃして整理できません。

太い頼みの綱がブツンと音を立てて切れました。遠く南の果てにいる康一に社会的スキルを教えてくれ、心と身体をケアしてくれる病院から見放された感じで、これから先どうしたらいいのかと路頭に迷う思いがしました。

「もう、あの病院はやめよう」

一部始終を知った夫が言いました。

その後は大学病院の担当医師と二か月に一度くらいお会いし、私が近況報告をし、それに対してアドバイスをいただくことができましたので、気持ちのうえでは安心でした。

地域格差が大きいといわれている昨今ですが、発達障害の治療も地域によって全然違うことを実感しました。

§ 決断

専門学校に入学して、仲間ともとても良い関係を築き、勉強もそれなりにがんばっている康一を、私たちはいつしか安心して遠くから見守ることができるまでになっていました。

小学校の現場に復帰していた私は、四月からの仕事に大いなる夢を描いていました。日本自閉症スペクトラム学会が認定する自閉症スペクトラム支援士の資格を半年前に取得し、新年度からの仕事が待ち遠しくて仕方ありませんでした。当時、自閉症スペクトラム支援士は全国でたった二二人しかおらず、そのなかでも私は日本で記念すべき第一号の取得だったので、何としてでもそれを仕事に結びつけたいという強い希望がありました。

私の夢がふくらむのと同じように、桜のつぼみがふくらみ始めた南風の強い昼下がり、康一から電話がありました。

「……」

いつもとは違う雰囲気に、私は何ともいえない不安に襲われました。何があったのか、知りたい気持ちと知りたくない気持ちが交錯した状態で、恐る恐る尋ねました。

「どうした?」

「もしかしたら留年かもしれない」

絶句する私から携帯電話を取り上げた夫に康一が言いました。

「まだ決定ではないけど……」

出先で受けた電話だったもので、また夜にでもゆっくり相談しようということで、その場は電話を切りました。春の陽気のようにのほほんとした気分が一転、一気に現実の世界に引き戻されてしまいました。車に乗った私たちはお互いに顔を見合わせ、まるで打ち合わせでもしたかのように同時にため息を吐き、私はぽつりとつぶやきました。

「いつもこんな感じ……。いいところまでいったなと思うと、ドーンと真っ逆さまに突き落とされて……ね」

家に戻り落ち着いたところで、康一から話を聞きました。

「まだ確定ではないけど、留年するかもしれない。そのうち担任の先生から家に電話がいくと思うよ。あと、そのことに関して話があるから、父さんか母さんに一度学校に来てほしいって」

康一の言葉通り、しばらくすると担任の先生から電話が入り、ことの詳細がわかりました。落とした単位は少ないが、専門科目がいくつか入っているので留年の対象になっているとのことでした。しかし、学校の全職員が康一に期待しているので、何とか続けてほしいとも言ってくれました。

車を手に入れてからの康一は連日のように乗り回し、勉強はあまりしていなかったようです。また、あとからわかったのですが、私たちには内緒でホテルのルームサービスなどのアルバイトもやっていたとのことです。一生懸命やるだけやっての結果ではないため、夫も私も何ともやるせない気持ちになりました。

そして数日後、職員会議を経て、康一の留年が正式に決定しました。

「もうやる気がなかったら戻ってきなさい」

夫も私も半ば感情的になっていましたが、康一にはやめる気など毛頭ありませんでした。

「もう一年がんばってみる。クラスで一番になるくらいの勢いで勉強するから」

親と子の気持ちはどこまで行っても平行線、交わるところがありません。

そんな状態が何日か続いたある日のこと、以前不登校の親の会「金沢にじの会」の顧問をしていて、その後、沖縄大学教授になっていた加藤先生から電話が入りました。

「康一君から留年の話を聞きました。何とかもう一年やらせてあげてくれませんか？ 本人もがんばると言ってるし、四年で卒業できなくてもいいんじゃないかな。明日、僕も学校に行って、康一君のことをお願いしてくるので」

康一が加藤先生に相談したようです。

翌日、あらためて加藤先生から力強い報告をいただきました。

「学校全体で康一君を応援するということを話してくれたよ。康一君もがんばると言っていたので、よろしく。また何かあったら相談してください」

こうして、康一はもう一度、一年生をやり直すことになりました。

§ 再出発

康一の学校は一、二年生は寮生活をするのですが、一年生寮と二年生寮は建物が別で、少し離れたところにありました。そのため新二年生は春休みを利用して、各自引っ越しをするのですが、康一は留年したので引き続き一年生寮の同じ部屋を使うことになりました。

一年間、ひとつ屋根の下、苦楽をともにした友人たちとは離ればなれになったとはいえ、相変わらず二年生の友だちとは仲良くしていました。そのため、付き合いはほかの人の二倍。何か行事が終わるたび、その打ち上げには一年、二年のどちらにも参加する有様でした。

留年の場合の授業は本来ならば、前年度落とした科目だけ受講すればいいのですが、ブランクがあると、二年生になった時に困るだろうということで、専門科目の授業にも出席することになりました。また、身体は動かすほうがいいだろうということで、体育の授業にも参加することになりました。さらに学校だけでなく、体験を通して学ぶため、一年生の時の担任の先生のご厚意で、週一回、先生が勤務していたクリニックで実習することになりました。一年間、楽ができると思っていた康一にとっては予想外のことであり、たいへんだったようです。とくに実習のある日は朝早く寮を出発して、一時間以上車をとばし、実習が終わるや否や、また一時間以上車をとばし、昼食もそこそこに午後の授業に出るというハードスケジュールでした。

それから程なくして、真面目に授業に出ているとばかり思っていた私たちの期待を裏切る康一の行動が明らかになりました。それは六月初旬に沖縄へ行った時のことです。

新しい担任の先生の口から出てくる話に私たちは言葉をなくしました。寝耳に水とはまさにこのことです。とにかく今年は勉強に専念するためにアルバイトはやめることを何回も何回も念を押したのに、まだ続けていたのです。そして、遅刻や欠席も目立つようになってきたというのです。

康一に問いただすと、

「先生の話は違うよ。バイトは春休みまでしかやってないよ」

ととぼけるばかり。遅刻や欠席については、クリニックでの実習で疲れてしまうと言うのです。

「もう一年やってみたいって言ったのは康ちゃんでしょ。とにかく一生懸命やらないと」

ハッパをかけて沖縄をあとにするしかない私たちでした。

前期試験の時期になり、夫と私はひんぱんに電話を入れ、勉強の仕方を教えたり、今やるべきことについて話したりしました。しかし、携帯にかけても連絡が取れない時もたくさんありました。連絡が取れた時に聞いてみると、寝ていたとか勉強の邪魔だから電源を切っていたとか言うのですが、親の勘というのでしょうか、厳しく問いただすと、案の定、アルバイトに精を出しているのでした。試験も近いというのに何を考えているのでしょう。

呆れ果てた私は思わず言ってしまいました。

「康ちゃんのために母さんがどんな思いで働いていると思ってるの？　体調も悪いのに。わからないの？」

「わかってるよ。遺憾に思います」

この子はいつまでたっても心の理論が獲得できない自閉症なんだとあらためて感じるとともに、情けない気持ちでいっぱいになりました。

二〇〇六年の夏はものすごい猛暑でした。そして突然、局地的に大雨に見舞われる、いわゆるゲリラ雨が各地で猛威をふるいました。そんな八月中旬、我が家にもゲリラ雨のような電話が来ました。それは康一からでした。

「学校やめる。再試験も受けなかった。僕にはこの仕事、合わないことがわかった」

「そう、やっぱりむずかしかった？」

「うん」

「康ちゃん、後悔しない？　あとで、あの時本当はやりたかったのに親が引き留めてくれなかったとか言わない？」

私から受話器を受け取った夫は何度も念を押していました。

「大丈夫だよ」

自分なりにいろいろ考えた末に出した結論のようで、固い決心のほどがその返事から伝わってきました。

結論を出すまでには、二年生の仲間にもいろいろ相談したそうです。思いがけないことでみんな驚いていましたが、なかでも康一をとてもかわいがってくれていたひと回り上の友人は泣きながら、「お前、やめんなよ、もう一度考え直せよ」と言ってくれたそうです。学校の先生からも、もう一年留年してもいいから考え直さないかと言われたそうですが、一度決めたら後には引かない康一の気持ちは決して揺らぐことはありませんでした。

§ 支えてくれる人がいて強くなれる

何はともあれ康一が帰って来るというのは、私にとってひと安心でした。十五歳で北の大地に旅立ってから、一日たりとも康一のことを忘れたことはなく、遠くからただただ見守ることしかできなかったのですから、学校を中退したショックよりも、また家族三人揃うという喜びのほうがずっと大きい私でした。

沖縄を去る前に康一は、今までのお礼も含めて加藤先生にも連絡をしました。

「最後に一緒にご飯でも食べよう」

公私ともに多忙を極める加藤先生ですが、仕事の合間を縫って時間を取って下さり、二人でいろいろ話をしたそうです。その夜、私のところにも電話が入りました。

「康一君、本当にがんばったね。よくやった」

言葉って不思議です。文字で表すと平坦であっても、そこにその人の心や気持ちが吹き込まれて口から発せられると、それがその人の言葉になり魂となって、人を励ましたり、癒したりする反面、言い方や使い方によっては人をすごく傷つけたりします。加藤先生の言葉は前者の方で、私は先生の気持ちがいっぱい詰まった言葉に胸が熱くなりました。

南部地域療育センターの作業療法士も、「がんばったわね。つらかったでしょう。OT（作業療法士）はかなりきついものね。でも、今までのことは決して無駄にはならないと思うわよ」と、力強く語りかけてくれました。

十月半ばに康一と私は北海道を旅行し、途中で北星余市高校に寄りました。

「康一、よくがんばった！　もっと早くリタイアしてもおかしくないほどむずかしい勉強だもの。でも康一、胸張って生きて。康一には高校卒業という肩書きがあるんだから。今までの一年半は決して無駄にならないよ。本当によくがんばった」

康一の肩をたたきながら語りかける吉田美和子先生の眼には、ちょっと光るものがありました。康一は幸せ者だなと私はうらやましくなりました。

やはり人間は支えてくれる人がいて初めて強くなれるものです。康一が新しい道を自分で切り開くには、それほど時間はかかりませんでした。

§　沖縄からの一人旅

話は戻りますが、その年の九月に学校をやめると決断したものの、康一はすぐには帰ってきませんでした。引っ越し準備に追われたということもありますが、それだけではなく、付き合いの広い康一はあちこちから送別会の話が持ち上がり、すぐには帰れなくなってしまったのです。一年生の仲間、二年生の仲間、バドミントンの仲間、バレーボールの仲間、町役場の人たち、そしてバイト仲間と、一年半の間によくもこれだけの人間関係を作ったものだと感心してしまいました。高機能自閉症の主だった症状のひとつに対人関係が苦手というのがありますが、康一の場合にはずいぶんと改善されたんだなと思いました。

やっと帰る目途がついたと思った矢先、康一はまたとんでもないことを言い出しました。

「沖縄からフェリーで鹿児島まで行って、あとは一般道で帰る」

フェリーでそのまま東京まで来るものとばかり思っていた私は頭がガンガン、鼓膜が脈打つ感じになり、思わず電話口で大声で叫んでいました。

「危ないから、真っすぐ東京に帰ってきなさい」

ところが夫は私とまったく逆の考えで、

「ゆっくり帰ってくればいいよ。これから先の人生で、こんなに自由な時間があることなんてもうないかもしれないから。友だちと会ったり、観光地や温泉を回ってもいいし。美味しいものもたくさん食べな。好きなことしながらゆっくり帰っておいで。阿蘇山もいいよ。長崎や広島も見てきな」

と話していました。

興奮する私は夫に「なんてこと言うの？」と詰め寄りましたが、夫から言われました。

「康ちゃんの立場に立って考えてごらん。母さんはいつも、自分が安心できる道しか歩かせないじゃん。長い人生のなかで、こんな時間は今しかないんだよ。仕事に就いたら絶対にできない。やらせてあげよう」

確かにその通りでした。

両親揃っての承諾に大喜びの康一は間髪入れずに言いました。

「カーナビ買うから、お金送って」

車を持ち帰らなければならないのでフェリー代は仕方ないとしても、ガソリン代や宿泊費、食費などがかかるうえに、さらに二十万円以上の出費を要求された夫の怒りは頂点に達しました。

「地図でも買って帰ってこい！」

携帯に向かって怒鳴ったかと思ったら、次の瞬間、その携帯をクッションに投げつけていました。しかも、私の携帯を。鹿児島から帰ってくることにあれほど賛成していた夫が……。

康一はそんなことにはおかまいなく、豊富な人脈を頼りに中古のカーナビを安く手に入れる準備を着々と進めていました。割と新しい物が安く買えるという話に、親は甘いもので、結局はお金を出してしまうのでした。

康一が沖縄を発つ日、朝五時にもかかわらず、いちばん仲の良かった級友がフェリー乗り場まで見送りに来てくれました。一年五か月暮らした沖縄をあとにする康一の胸中はいかばかりだったでしょう。鹿児島までのフェリーの中でどんなことを考えていたのでしょう。この時の心境については、康一は今まで一言も語ったことがありませんが、感受性の強い康一のことですから、おそらくはいろいろな人たちの顔や景色や出来事が浮かんでは消え、消えては浮かび、かなり感傷的になっていたのではないかと思われます。

翌朝、鹿児島に着いた康一は食事もそこそこに、荷物を満載してスピードのでない軽ワゴン車のアクセルを目一杯踏み続け、北へ北へと走りました。そしてどこにも寄らず、夕方には福岡に住んでいる高校時代の友人宅に着いてしまいました。もっとゆったり、いろんなところに寄って行けばいいのに、鹿児島ラーメンや熊本ラーメンも食べればよかったのにという話に、ラーメンが大好きな康一は大いに悔やみ、なぜ先に教えてくれなかったと怒っていましたが、これも症状のひとつかなと、私たちは苦笑いでした。

　福岡を出発した康一は広島の原爆ドームを見学し、東京の親戚の家に行くという友人を岡山で拾い、大坂城を見学し、新大阪のユースホステルに泊まりました。なんと引っ越し準備で忙しいさなか、那覇まで行ってユースホステルの会員になっていたのでした。次の日、名古屋まで行った康一は別の友人と落ち合い、味噌とんかつや名古屋コーチンの手羽先に舌鼓を打ち、三人で名古屋のユースホステルに一泊しました。

　そして、無事に我が家に戻った康一は、仕事から帰ってきた私を誇らしげな顔で迎えてくれました。

「おかえり」

　やっと康一が帰ってきた、これからは家族三人で暮らせるうれしさが一気にこみ上げてきた私は妙にはしゃいでいました。

§自立への道のり

学校をやめて帰ってきた康一は、しばらくは暇を持て余し、車いじりに熱中していました。半月が過ぎた頃、康一から、アルバイトをしようと思うので面接に行ってくるという話が出ました。自転車店やスポーツ店を見て歩き、気に入ったお店で、アルバイトを募集しているかどうか直接尋ねてみたそうです。その行動力はどこで身についたのでしょうか。親と離れている間に康一はこんなにも行動的になっていたんです。

自分で面接の申し込みをして、自分で履歴書を書いて行動する康一を、私は息子ながら大人になったなあと感じないではいられませんでした。面接をクリアした康一は約三年間アルバイトに精を出しました。

「人間万事塞翁が馬」の如く、中学校時代に不登校だったからこそ、自転車専門店の人たちとの出会いがありました。そこで自転車に関するいろいろな知識を得たり、技術を教えてもらったりしたおかげで、仕事に結びついているわけで、人生には無駄はないということを今、すごく実感しています。

高機能自閉症という障害はなかなか理解しづらいのが現状です。そこで次の仕事は障害者に対して理解がある職場を探すことにしました。今は十数年前と違い、発達障害に対してもいろいろな支援がされるようになり、康一はそのひとつの機関である障害者就労支援センターにお世話になることにしました。

まず、ハローワークに行き、障害者雇用での登録をしました。タイミングよく近日中に横浜で障害者雇用合同面接会が行われるというので、そちらの申し込みもしました。それと平行するように、就労支援センターにも登録して足を運びました。康一の担当者はとても熱心に康一の話を聞き、「何とか就職できるよういっしょにやっていきましょう」と約束してくれました。

そして合同面接会当日は、春の日ざしが降りそそぐなか、コートを小脇にかかえた康一と私は、受付開始の三〇分前には会場に着きました。そこには五百人は優に越す長蛇の列。どの人もスーツ姿に身を固めているため、とても立派に見え、威圧感を受けました。

待つことが苦手な康一が私にそっと「どうする?」と耳打ちしました。「せっかく来たんだから面接を受けなさいよ」と話すと、「そうだね」と言い、列に並びました。

面接開始が午後一時からなのに、各ブースはすでに面接待ちの人がたくさんイスに座っていました。面接会場に入る康一に「がんばってね!」と声をかけて、私は控えの席へ。

外で待っている時はわからなかったのですが、会場には手話で話している人、足が不自由な人もいました。控えのイスに座っている人は、どの人も立ち上がり背伸びをして、面接ブースに熱い視線を送っていました。もちろん私もその一人です。

康一が応募した会社は人気があるらしく、たくさんの人がブースにいました。いよいよ康一の番です。五分、十分…、何を話しているのか、なかなか終わりません。ほかの会社はどんどん流れているのにどうしたのでしょうか。心配のあまり、隣の人と世間話をして気を紛らわせているところへ、康一が「終わったよ」と戻ってきました。隣に座っている人もにこやかに康一を迎え、お互いの健闘をねぎらい、席を立ちました。

「どうだった?」

「うん、結果は電話するって」

帰り道、康一はやるだけやったという達成感からか、終始すがすがしい様子でした。人事を尽くして天命を待つ。どうか良い結果がきますように……。

面接の翌日、さっそく人事の方から電話がありました。「会社でもう少し、話を聞きたい」とのことで、康一は一週間後、再びスーツに身を包み出かけていきました。その後二回の面接を経て、念願の企業に採用されることになりました。合同面接会から一か月ほどたっていましたが、ハラハラドキドキの毎日でした。この間、就労支援センターの担当者からはいつも励ましの言葉をいただき、康一も私も平常心も保つことができました。センターの担当の方は、面接が進むなかで、会社を訪問して康一の障害について説明してくれたようです。このように康一はいつもいざという時、強い味方になってくれる人がいて、ほんとうに幸せ者だと思いました。

就労支援センターの担当の方は、その後のトライアル期間中も定期的に会社訪問を続けてくれました。また、会社側も就労支援センターの話に耳を傾け、康一の障害と能力を理解して仕事を選んでくれました。その後も康一は月に一回の割合で就労支援センターに出向き、近況報告をしています。おかげさまで私たち親は、今までのように表立って動く必要はなくなりました。ほんとうにありがたいことです。

今、康一は会社のみなさんのあたたかい理解と支援を受け、毎日元気に通勤しています。仕事も職場の人たちから、手取り足取り教えていただき、何も知らなかった分野を自分なりにがんばっている様子です。

この本を編集する際に、出版社の人が康一の職場を訪ね、人事課の担当の方から次のようなお話を伺ってきました。

「ハローワーク主催の合同面接で、上野君は目を引きましたね。すがすがしく、ストレートな感じで、最近の若者としては純な印象を受けました。前職の自転車の仕事について聞いたところ、自転車のバラシに一時間、組み立ては一時間半でできると話し、技術力の高さを知りました。私も自転車の組み立てをしたことがありますが、そんな簡単な作業ではありません。この日の求人はフォークリフトの運転手だったのですが、上野君はパソコンもできるし、事・技職としても向いてると思いました。

会社としてはこれまでも身体障害者を雇用していますが、発達障害の人は初めてです。物理的な仕事が多いものですから適応できるかどうかが問題です。また、職場の人が障害を持った人を理解して、受け入れる雰囲気になっているかも大切です。

上野君はこの会社で働いて一年ほどたちますが、最初にハンダ付けがうまくいかなかったことぐらいで、仕事は遅くないし、いい加減なところもありません。話し方は少し遅いですが、相手の目をしっかり見て話しますね。つつみ隠さず、ズケズケ言うこともありますが、周りの人が理解していればトラブルになることはありません。ご両親が書かれた本を読んで、小さい頃から学習を何回も積み重ね、修正されて今があると思いました。

溶接ロボットのアルミのパーツを自分で作れるようになっていますので、これからは現場の要請に応えた、新たな技術を開発してほしいと期待しています」

人は自分を肯定的に見てくれる環境のなかではどんどん伸びていくんですね。

会社のみなさん、応援してくださったみなさんに感謝の気持ちでいっぱいです。そしてこれからもよろしくお願いいたします。

第四章

発達障害を理解するために

第四章
発達障害を理解するために

上野 健一

§ 家族で歩んだＬＤ理解への道のり

康一が発達障害のなかのＬＤ（学習障害）と診断された小学一年生の冬から、私たち夫婦は少しでも康一のことを、ＬＤのことをわかってほしいという一心でＬＤの啓発を始めました。ところが、磁石の同極同士のように、話せば話すほど、学校も地域も、そして親戚や友人さえも私たちからどんどん離れていきました。

そこで、私たちは講師を招いてＬＤの啓発をすることを思いつきました。ここに、妻が会長、私が事務局長という会員たった二名の小さな小さな団体、「ＬＤ児理解推進グループ『のびのび会』」が誕生したのです。それは、康一が小学二年生の五月のことでした。

その後、講演会を重ねるごとに会員はどんどん増え続け、事務作業が追いつかなくなったために、八〇名の大所帯になった時点で会員募集を停止する事態となりました。そんなこんなで、いろいろたいへんなこともありましたが、やはり、会を立ち上げて良かったと思っています。たとえ同じような話であったとしても、親が言うのと専門家が言うのとでは、聞き手の受け取り方がまったく違うのですから。

一年に三〜五回の講演会活動を七年ほど続け、それと並行して、会の活動が新聞で紹介されたり、テレビに出演したり、本を出版したりということが重なったこともあり、全国各地から電話やファックスでの相談が毎日のように来るようになりました。それだけ、当時は情報が少なく、相談する場所もあまりなかったということでしょう。

康一が高機能自閉症と診断されてからは、会の名称ももちろん「LD」から「高機能自閉症」に変更し、通算で十八年目に入ろうとしています。今は、同じ立場の仲間との絆を大切にしようという気持ちで、親睦会を開き、お互いに近況報告をしたり、情報交換をしたりしています。親が年をとった分、子どもも成長し、会員の目下の話題は社会への自立です。

妻はこんなふうに言っています。

「私にとって、『のびのび会』に来てくださった一人ひとりがかけがえのない存在で、多分、一生の支えとなっていくことと思います」

また、会の運営とは別に、私自身はＬＤについて調べるようになりました。「うちの康一はＬＤなんです」と、診断名だけ言っても何の解決にもならないということに気づいたことがきっかけでした。

その当時、学校や社会にはＬＤという言葉も概念も充分に広まっていなかったのです。康一がＬＤと診断されたことによって、不可解な行動や何回話して聞かせても理解できないこと、何度も同じ過ちを繰り返すことなどの原因がはっきりしたので、これでやっと適切な対応をしてもらえると思って、喜び勇んで小学校に出向いた私は、ものの見事に打ちのめされました。私の話を聞き終わった校長先生の口から発せられた言葉はこうでした。

「ＬＤだか何だか知りませんが、しつけのできていないお子さんですね」

妻は妻で、学級や地域の保護者からこんなふうに言われました。

「ＬＤを隠れ蓑《みの》にして、自分がろくにしつけもできないことをごまかすつもりか」

そこで、ＬＤとは何か、どんな症状があって、どう対応したらいいのかということを具体的に自分の口で説明しなければならない事情が生じたのです。私はＬＤに関する書籍を何十冊も読みあさりました。日本ＬＤ学会に入会し、会報を隅から隅まで読み、研究大会にも参加しました。

しかし、ＬＤと自閉症の違いが明確に理解できず、自分の中で納得のいかない状態が七年ほど続きました。それを見事に解決してくれたのが高機能自閉症という診断でした。頭の中の回路が順々につながっていく感覚でした。難しいジグソーパズルが一気に完成したような感動でした。

当時はとにかく、高機能自閉症を理解してもらいたくて必死に活動していましたが、今はゆっくり、のんびり、高機能自閉症の啓発をライフワークと思い、細く長くやっていこうと思っています。

§LDの混乱

LDが社会に認識され始めた当時、通常の学級に在籍する児童生徒のなかに、学習面だけでなく、生活面や行動面でも特別な配慮を必要とする子どもが三～五％存在すると言われていました。それがいわゆるLD児です。『LD』は教育用語なのですが、しばしば医学用語と混同され、しばらくの間、医師による診断に混乱があり、何でもLDと診断された時期がありました。そして一九九九年七月二日、当時の文部省は「学習障害及びこれに類似する学習上の困難を有する児童生徒の指導方法に関する調査研究協力者会議」の最終報告で、LDの定義を改正しました。LDは聞く、話す、読む、書く、計算する、推論する能力の習得と使用に著しい困難のある場合に限定され、一九九五年三月二七日の同会議の中間報告で公表された定義に含まれていた社会性や対人関係、こだわりに関する部分は除外されました。そしてその結果、知的障害をともわない自閉症は「高機能自閉症」、高機能自閉症のうち言語能力に問題のないものは「アスペルガー症候群」と整理されるようになりました。それによって、以前ＬＤと言われていたものの多くは、一九九九年七月以降は高機能自閉症やアスペルガー症候群と診断されるようになりました。

ＬＤの概念が広がりだした頃から、ＬＤと高機能自閉症の違いはどこにあるのか、非言語性ＬＤや社会性のＬＤとはまさしく高機能自閉症のことではないのか、注意記憶性のＬＤとはＡＤＨＤ（注意欠陥多動性障害）のことではないのかと指摘している人もいましたが、その当時は納得できるような回答はどこにも見当たりませんでした。さらにはＬＤそのものが読字障害、書字障害、算数障害など、以前からあったものの寄せ集めであり、「ＬＤ」という用語自体の存在理由も希薄になったと言わざるを得ません。

しかしながらＬＤの登場は、それまでは注目されていなかった通常の学級に在籍する配慮の必要な児童生徒の存在を気づかせてくれました。そして、その原因は本人の努力不足やなまけ、家庭のしつけの問題、親の愛情不足ではなく、その子自身の生まれ持ったものであることを教えてくれました。

ところがその反面、あまりにもＬＤを大々的に宣伝していたために、ＬＤの定義が改正された後の診断で、高機能自閉症やアスペルガー症候群への診断名の変更を受け入れられず、我が子はＬＤであると言い張って、医療機関との縁を切る親子が出てくるという弊害を生むことになってしまいました。

今にして思えば、私たち夫婦もＬＤに踊らされ、「ＬＤ児理解推進グループ『のびのび会』」を主宰し、約八年間の長きにわたり、ＬＤの啓発に邁進してきたことに憤りと悔しさを禁じ得ません。

§自閉症の診断基準となる症状について

自閉症の診断基準は現在、ＷＨＯ（世界保健機関）作成のＩＣＤ―10（国際疾病分類第十版）とアメリカ精神医学会作成のＤＳＭ―Ⅳ（精神疾患の診断と統計のためのマニュアル第四版）の二つがあります。診断名はそれぞれ小児自閉症、自閉性障害と異なるものの、診断基準となる症状にはそれほど差異はありません。

それは次のようになっています。

ＩＣＤ―10では、三歳以前に現れる、①社会的相互交渉における質的な障害、②コミュニケーションにおける質的な障害、③反復的、常同的行動、狭い関心や活動性です。

DSM―Ⅳでは、三歳以前に始まる、①対人的相互反応における質的な障害、②意志伝達の質的な障害、③行動、興味及び活動の限定され、反復的で常同的な様式です。

それぞれ表現は違っていても、具体的な内容についてはほとんど同じです。

①については、視線、表情、姿勢、身振りなどを対人的、社会的相互関係を調整するための手段として適切に使用できない。精神年齢に相応した仲間関係を作ることができない。自分が興味関心を持っているものを見せたり、持って来たり、指し示すことがない。対人的、社会的、情緒的な相互性が欠如している。

②については、話し言葉の発達の遅れまたは完全な欠如、身振りや物真似で意志伝達しようとしない、言語力があっても社会的に使用できない。他人からの言語的、非言語的な働きかけに対する情緒的な反応の欠如、充分に会話のある者でも、他人と会話を開始し継続する能力が欠如している。常同的で反復的な言語の使用、声の抑揚や強調の変化ができない。変化に富んだ自発的なごっこ遊びや社会的な物真似遊びが欠如している。

③については、常同的で限定された興味にとらわれ、その強度や内容、対象が異常である。特定の機能的でない手順や習慣、儀式的行為に対する明らかな強迫的な執着がある。手や指をぱたぱたさせたり、絡ませたり、ねじ曲げる、全身を使って複雑な動きをするなどの

常同的で反復的な奇異な行動をする。匂いや感触、雑音、振動など、物体の本質的でない機能とは関わりのない一部の要素に持続的にこだわる。

§高機能自閉症について

ここからは私が康一との生活や学校で出会った子どもたちから学んだ、自分なりの実践に基づく発達障害論です。

康一や子どもたちがこのような考え方や行動をするのはなぜだろう、どう対応したら改善するのだろうという思いがスタートであり、観察や試行錯誤を経て得た仮説です。ですから違う考えの人も当然いるとは思いますが、これは私が自分の経験から得たひとつの答えなのです。

高機能自閉症の「高機能」とは、機能が高いとか、機能が優れているという意味ではなくて、ただ単に知的障害をともなわないという意味です。

高機能自閉症は知的障害をともなわないというだけで、自閉症であることには変わりありません。ですから前項の自閉症の症状を持っているのです。ところがＩＱが高ければ高いほど、自閉の度合いが弱いので大丈夫と思っている人がいますが、実際にはそうではありません。ＩＱの高低と自閉の強弱には相関はないのです。また、ＩＱが高ければ高いほど社会適応も楽かというと、一概にそうとも言えません。社会適応はＩＱだけで決まるのではなく、自閉の度合いの強弱にも大きく関係していると思います。

また、高機能自閉症児は一見して障害があるとわかるタイプではないので、できないことや不適切な行動に対して、叱責を受けたり、非難や中傷にさらされることがよくあります。自分の置かれている状況が見えてしまう分、心が傷つくということもあります。

高機能自閉症児は言葉の遅れはあるものの会話がないわけではない、意思の疎通がまったくできないわけではない、こだわりはあるものの生活に重大な影響が出るほどでもないという状態から、親は「少し変わっているだけ」「ユニークな子だ」「自閉症とは全然違うようだ」「少し成長が遅いようだけど、そのうち追いつく」「自分も小さい頃そうだったけど、今は何とかなっている」という程度にしか考えず、幼少期から受診するケースは少ないのが現状です。その後、幼稚園や小学校に入ってから、集団生活や対人関係でいろいろな問題があらわになりますが、それでも受診しない場合が多いのです。発達障害の子どもにとっては、早めの対応と理解が大切なことだと思います。

§自閉症の行動障害について

自閉症（高機能自閉症、アスペルガー症候群を含む）は行動障害と呼ばれることもあるように、その場に合ったふさわしい行動をとれなかったり、ふさわしくない行動をとってしまうことがあります。そのために、しつけができていない子だ、親は何をやっているんだと言われることがよくあります。これは、自閉症の原因や自閉症児がなぜそのような行動をとってしまうのかという原因を正しく知らないために起きる誤解です。障害を理解し、誤解や偏見をなくすためには、優しい気持ちだけでなく、正しい知識を身につけることも大切なことです。次に行動障害が現れる原因について考えられることを述べていきます。

▼認知過程の障害

認知過程とは、今、ここで起きている事象が過去にもあったことなのかどうかを記憶と照合する（表象化）、あったとしたならどのようなグループに含まれるかを調べる（象徴化）、そのグループにはどんな特徴があり、何が重要かを調べる（概念化）という一連のプロセスのことです。認知過程の障害とは、このプロセスのなかのどこかがうまく働いていない状態のことです。

例えば表象化ができないと、過去に同じような経験をしていたとしても、そういうことがあったかどうかすらわからないので、自分の身に起こることがすべて生まれて初めてのことと感じられ、毎日がとまどいや驚きの連続になってしまいます。

また象徴化ができないと、その事象が属するグループがわからないので、過去の似たような経験や見たり聞いたりして覚えたことを活用できません。ということは、過去の経験を生かすことができないので、結局毎回、今までと同じ対処方法を繰り返すことになってしまいます。

そして概念化ができないと、全体像が把握できないために、その事象の本質や最重要点を見極めることができず、最も適切な対応がとれません。

認知過程の障害は、行動に関して以上のような影響を及ぼしてしまうのです。

では、なぜ象徴化ができないのでしょう。それは記憶の仕方に原因があるからだと言われています。多くの人たちは関連した事柄をまとめてひとつの引き出しに入れる記憶方法を用いていますが、自閉症児者はひとつの引き出しにひとつの事柄を入れる記憶方法なのです。これでは、他の事柄と関連づけたり参考にしたりすることができません。そのために、何度失敗しても同じ過ちを繰り返したり、予測が立てられず、臨機応変の対処も苦手になってしまうのです。そして、変化を嫌いパターン化した行動になります。これがこだわりの一因とも考えられています。

しかし、一つひとつの記憶が独立しているために、ほかの記憶の影響を受けないということと、ビデオ式の記憶方法ではなく写真式の記憶方法であるということから、いつ、どこで、誰が、何を、どうしたというエピソード記憶に優れているという一面もあります。そんな訳で、自閉症児はいじめなどの事実は本当によく覚えています。ただ、時間の流れに沿って記憶することが苦手なために順序があいまいになって話が飛んだり、語彙が少なく、使い方も間違えていることがあるので、わかりづらい表現になったりしてしまうことも多々あります。

▼想像力の乏しさ

自分の目で実際に見えないものをイメージするのが苦手です。お風呂上がりに背中一面に水滴が残っていたり、物を探す時は見える場所だけ探したりします。見えない部分には注意が向かないというより、見えない部分であっても存在しているということ自体に気づいていないのかもしれません。

また、これをやったらどうなるかという予測を立てることも苦手です。中身の入っている器の底を見ようとして、器を逆さにし、中身をこぼしてしまうことがあり、やってしまってから驚いた顔をします。

暗黙の了解やルールにもなかなか気づきません。話の内容から、これはAさんには内緒ということがわからず、平気でAさんに話してしまうことがあります。

人の心も目で見ることはできません。だから、人と接する時には、周りの状況や今までのことを相手の立場に立って、総合的に判断しなければなりませんが、それが苦手なのです。特に、相手の立場に立つということがむずかしいのです。自分勝手とか自己中心的とか言われることがよくありますが、自閉症児者の場合には自分のことしか考えないのではなくて、自分のことしか考えられないのです。

▼微調整ができない

動作、行動、感情、対人関係など、すべての面で微調整ができず、ゼロか百のどちらか、○か×のどちらかという状態が見られます。ボリュームの調整ができるダイヤル式ではなく、まるでオンとオフしかないスイッチのような感じです。

スープをかき混ぜてと頼まれれば、力の加減ができず、遠心力でスープが鍋から飛び出すほどグルグルかき回します。しかし、それでも本人は加減していると言うのです。気持ちのうえでも加減ができず、じゃれ合いやプロレスごっこもついつい本気でやってしまい

ます。

動きが緩慢かと思うと、目的の場所に向かって突然ダッシュしたりします。何かを思いつくと、猛然と教室から廊下に飛び出したりするので、ヒヤッとすることもあります。

気が向かないことはまったくやろうとしませんが、興味のあることにはものすごい集中力を発揮します。食事も忘れるほどです。

周りでどんなに騒いでいても、能面のように無表情であったりする反面、ちょっとしたことで大笑いしたり、大泣きすることがあります。一度そうなると、自分でもなかなか止められなくなってしまいます。

いつもは親しい人であっても急によそよそしい態度になったり、初対面の人でもなれなれしい態度をとったりすることがあります。人との付き合い方も、毎日会っていてもほとんど話をしなかったり、逆に信頼しきってベッタリという両極端になってしまうことがよく見られます。

▼過敏性が強い

自閉症児者は音に対する過敏性が強いと言われています。聞くべき音、必要な音を取捨選択できず、すべての音が入ってきてしまうのかもしれません。また、自閉症児者には絶対音感を持っている人が多く、特に高い声や不協和音に対しては、両手で耳をふさぐという行為がよく見られます。

味覚に対しても過敏性が強く、そのために甚だしい偏食が見られます。特に、刺激性のあるものを嫌います。味が混ざることも嫌います。シンプルなものが好きです。よく言えば、それぞれの素材の味を大切にしているということでしょうか。

触覚に対する過敏性もあります。身体に触れられることを極端にいやがります。自閉症の赤ちゃんが抱っこされると、身体をのけ反らせて逃げようとするのも、それが原因と言われています。口のなかの触覚も過敏で、味ではなく食感による好き嫌いもあります。タコの食感を特に嫌い、タコ焼きはタコ抜きでないと食べない子もいます。

§行動特性と対応について

自閉症児の言動に対して、「何を考えているのか、よくわからない子だ」「訳のわからない奴だ」「病気だ」「迷惑だ」などと非難したり、排除しようとしたりする人がいます。それは、そのような言動の原因や理由が理解できないからそう思うのであって、原因や理由がわかれば、なぜそのような行動をするのか、しなければならないのかということも理解できるでしょう。そして、どのように対応したらよいかという大方の見当もつくことと思います。

次に子どもとの経験から、具体的な行動と対応を述べていきます。

▼同じ失敗を繰り返す

特別にむずかしいことではないのだから、一回やればわかるだろう、少し考えればわかるだろうというような、生活上のちょっとしたことを毎日、毎日失敗するのです。親は「何回失敗したらわかるんだ！」「何度同じことを言わせるんだ！」が口癖になってしまいます。そんな時康一は、「五千回かな?」と平然と答えていました。

これは、前述の認知過程の障害のなかの象徴化ができにくいという特徴と関連があると考えられます。そのために見たり、聞いたり、読んで覚えたりしたことを生かすことができず、自分が経験したことしか参考にできないのです。自分の経験が失敗体験しかなければ、そのなかからまた失敗する方法を選ぶしかありません。ですから何回失敗してもわからないし、何度同じことを言ってもわからないのです。

この悪循環を断ち切るには、成功体験を増やし、選択の幅を広げる必要があります。本人にまかせておけば失敗の連続ですから、親や教師が援助して、どうすればうまくいくの

か、その方法を体験させること、成功体験を積ませることが改善策になるのです。

▼前と同じようにできない

一度やったことでも、前回と同じようにできないということがよくあります。やり方は一緒でも同じようにできないのです。ちょっとしたところ、たとえば大きさが違う、向きが違う、相手が違う、場所が違うなどというだけで、できなくなってしまいます。計算の仕方が本当に身についていない場合に、少し数字が変わっただけでできなくなってしまうというのと同じことが、日常生活のなかでも起こっているのです。時間や場所、相手などがいつも変わる生活の場面では応用できないことも多いのです。

ひとつの引き出しに関連したものをまとめて入れておく記憶方式ならば、細かい部分は違っていても、やり方自体は共通だということがわかるのですが、ひとつの引き出しにひとつの事柄しか入れない記憶方式ではそれがわからないのかもしれません。

改善のためには、具体的な場面で手とり足とり、手本を示しながら教えることが大切です。とにかく回数をこなし、いろいろなパターンで覚えさせることです。自閉症児の指導によく使われる構造化（その場面で、何をどうすればいいのかを理解できるように、環境を視覚的にわかりやすくすること）は、やるべきことや手順をわかりやすくするという利点がある反面、構造化すればするほど般化（日常生活のいろいろな場面に応用すること）がむずかしくなるという欠点もあると思われるので、注意が必要です。

▼言葉の誤用が多い

自閉症児のなかには言葉のない子どもや、あってもオウム返しの子どももいますが、高機能自閉症児の場合には言葉があります。言葉があるといっても、ベラベラしゃべる子どもから、必要最小限の返事しかしない子どもまでさまざまです。

そのなかでよく耳にするのが言葉の誤用です。慣用句やことわざを字面でとらえ、そのイメージで使ってしまうのです。たとえば、コンクリート製の橋を渡りながら、傘の先で路面をコツコツと突き、いかにも自慢げに「石橋をたたいて渡る」と言うのです。「そんなのは朝飯前だ」と言うと、「もう朝ご飯は食べた」と真剣に悩むのです。

言葉の頭に「お」をつけると丁寧な言い方になるということを理解しても、それ以上のことはわからずに使ってしまうのです。「めでたい」にも「お」をつけ、人に向かって、平気で、「おめでたい」と言ってしまいます。本人は、ごく普通に話しているつもりなのです。

言葉の使い分けも苦手です。人間に対して、「これ」や「あれ」と言うことがあります。「A君のせいで得をした」という言い方をすることがあります。それがおかしい使い方だということに気づかないのです。

耳で聞いた言葉の発音や意味をしっかり確かめもせずに使うことがあります。「あー、ぼびうらだ」とか、「また、ぼびうらか」と「ぼびうら」という言葉をよく使っている人がいましたが、話の前後や周りの状況から考えても、私にはその意味がわかりませんでした。ある日、それまでのいろいろな場面での使われ方から、それは「ポピュラー」であるということが判明しました。

これらのことも、その場、その場で一つひとつ教えていくことが大切です。なぜなら、正しい使い方を自分で考えたり、人の話し方や言葉の使い方を参考にして、自分の誤用に気づいたり、訂正したりするのが苦手だからです。

▼感情の分類が少ない

自分の気持ちや状態を表す時に、語彙が少なく、適切に感情表現ができないということもありますが、感情そのものが細分化されていないということも考えられます。

「胃がムカムカする」「気持ち悪い」「食べ過ぎで苦しい」などということが、すべて「おなかが痛い」という一言で表現されてしまうのです。

「楽しい」と「うれしい」を区別しないで使っている子どもがいました。どちらも気分が良いことだから同じだと言うのです。

また、一般的に人前では恥ずかしいとされる言動を平気でやってしまう人もいます。「恥ずかしい」という感情が育っていない場合もありますが、高機能自閉症児のなかには、それができるのは勇気があるからであり、ほかの人たちは勇気がないからできないのだととらえている人もいます。

▼細かい部分から抜け出せない

どうでもいい枝葉の部分に引っかかって先へ進めなくなったり、いつの間にか本筋から外れて脇道に進んでいったりすることがあります。

これは認知過程の障害の概念化ができないところからきていると考えられるのです。物事の全体像がとらえられないために最重要点がわからず、重要ではない枝葉の部分に捕まってしまうのです。また全体像がつかめていないために、最終目標やゴールが具体的にわからず、脇道にそれていっても気づかないのです。さらに急いでやらなければならない仕事が突然入ってきても、全体が見えていないために優先度がわからず、今やっている仕事を後回しにすることができないのです。

このような時には、図解などで全体像を示しながら、最終目標は何か、どのような考え方で、どのような手順で進めるのか、誰が何をやるのか、いつまでにやるのか、今はどのような状況にあるのかなどということをわかりやすく説明し、理解させることが大切です。そして、適宜取り組み状況をチェックし、必要に応じて軌道修正することです。

▼初めての場面が苦手

初めて行く場所、初めてやること、初めて会う人、初めて食べるもの、とにかく「初めて」と名のつくものが大の苦手です。

これは象徴化ができないことと、想像力の弱さからきていると考えられます。今までの経験や見たり、聞いたりして蓄積した知識を総動員して新たな事態を分析することができないうえに、この後、事態がどのように展開していくのか想像がつかないために不安でたまらないのです。

初めてのことに対しては誰でも不安があると言う人もいるでしょうが、その不安の度合いがまったく違うのです。初めて行った教室に入ることをかたくなに拒み、ドアにしがみついて泣き騒ぐことがあります。どんなに空腹でも、食べたことのないものには手を出そ

うとしません。

これはなかなか改善できることではありませんが、高機能自閉症児が信頼している人と一緒に行動し、改善した例もあります。

▼こだわり

こだわりは収集癖もともなうようで、康一はミニカーを集めるのが好きでした。おもちゃ屋さんに行くと、ものすごい数のミニカーのなかから一瞬のうちに、これは持っている、これは持っていないと判定し、同じものをふたつ以上買うことは絶対にありませんでした。メモをとるとか、カタログにチェックすることもできず、まだ字も読めない頃のことでしたので、どうしてわかるのか、非常に不思議でした。そして、買い集めたミニカーは壁に立て掛けたケースに種類ごとに整然と並べてあるのでした。ところが、ケースは壁に立て掛けただけでしたので、何かがぶつかった弾みでミニカーが何個か落ちてくるということがよくありました。落ちたものは一応あいているところに戻しておくのですが、少しでも違っていることに気づくと、康一は泣き騒ぎながらケースを全部ひっくり返し、最初から一つひとつ並べ始めるのです。パトカーの列、救急車の列などとそれぞれ列が決まってい て、その列のなかでもどのパトカーがどこと場所も決まっているのです。そして、まだ手

に入れていないミニカーの入る場所なのか、スペースまで決まっているのです。

幼少の頃には、夜寝る前に母親が絵本の読み聞かせをしていましたが、康一は昔話はまったく聞こうとせず、次から次へとページをめくり、最後にバタンと裏表紙を閉じ、「おしまい」と言って、片づけに行ってしまうのです。そして、百冊近くある絵本のなかから、いつも同じ自分の気に入った乗り物の絵本を探して持ってくるのです。そこである日、乗り物の絵本を逆さにしたり、背表紙を奥にして本棚に入れてみたこともありましたが、不思議なことにそれでも見つけてくるのでした。

食事のこだわりもあります。ソースやマヨネーズ、ケチャップなどはいっさい口にしません。それらを使った料理も食べません。調味料は醤油と塩だけです。冷たい料理は消化が悪いと言って食べません。外食をしても、行く店と食べるメニューが決まっています。

旅行でも、その地方の名物料理は食べず、全国チェーンのファミリーレストランに行きます。賞味期限の切れたものは絶対に食べません。戸棚や冷蔵庫をこまめにチェックし、一日でも賞味期限の切れたものは勝手に捨ててしまいます。

趣味に関するこだわりはミニカーのあと、年齢とともに変化し、ミニ四駆、プラモデル、PCゲーム、コミック漫画の売買、マウンテンバイク、パソコン、車ととどまることを知りません。

こだわりは、人、物、場所、時間、行動、やり方など、さまざまな場面に現われます。強弱もさまざまです。自分だけのもの、周りの人たちまで巻き込んでしまうもの、仕事に生かされるものなど、影響もさまざまです。

こだわりをやめさせるかどうか。それは本人の生活にどれだけ悪影響があるのか、周りの人たちにどれだけ迷惑をかけているのか、それによってやめさせるかどうかを考えればいいのです。少し我慢すればいい程度なら、そのままにしておけばいいのです。それを無理にやめさせて、みんなが大迷惑を被るようなこだわりが新たに始まったら元も子もありません。要するに、妥協点をどこに置くかということです。

自閉症は現在の医学では治らないと言われています。自閉症が治らないということは、その主症状のひとつであるこだわりもなくならないということです。ですから、こだわりをなくそうと考えること自体がおこがましいことでしょう。むしろ、こだわりはなくならないと思って接する方が、楽な気持ちで対応できます。肩肘張らずに、楽な気持ちでというのが、もしかしたら発達障害児と接する時のコツかもしれません。

▼パターン化

物事の手順や生活リズム、道順などがパターン化し、容易に変更できなくなります。

時間のかかる宿題がある日でも、毎日の生活リズムは変更しないのです。ひと通りこなしてからでないと宿題に取りかかれません。夕食の前に宿題をやってしまうとか、いつもやっている散歩を中止して宿題をやるということができないのです。どんなに忙しくても、いつもやっていることをいつも通りやらないと安心できません。

無駄のある手順でも一度パターン化してしまうと、その無駄を取り除くことができないのです。

道順やどちら側を通るか、電車やバスでどこに座るか、自分なりに決まっています。これも、前述の象徴化ができない、概念化ができない、想像力が弱いということからきていると考えられます。先を読めず、臨機応変の対処も苦手なため、変化を嫌います。

急用ができて、どうしても外出しなければならなくなり、いくら説得しても、いつも見ているテレビ番組が始まると言って、かたくなに拒むことがあります。そんな時はビデオ録画をします。納得できる代替案があれば、一時的にパターンを変更する場合もあります。いつもいつもうまくいくとは限りませんが……。

▼パニックを起こす

予定が急に変更になったり、パターン化した行動をさえぎられたり、予期せぬことが突

然起きたりすると、その後どうしたらよいかわからず、不安が募りパニックに至ります。

過敏性が強いので、受ける刺激も多いこと、象徴化ができないこと、ひとつの引き出しにひとつの事柄しか入らない記憶方式のため、参考にできることが少ないことなどから不安に対する耐性が弱いと考えられます。

対処方法として、不安に対する耐性が強くなればいいのですが、それはほとんど期待できません。そこで大切なことは、周りがパニックのきっかけを与えないことです。入念に計画を立て、急に予定を変更しないこと、変更する場合には時間的な余裕を持って、事前に説明すること、パターン化した行動や、いまやっていることを急にやめさせないこと、やめさせる時にはあと何分とか、ここまでやったら終わりと予告すること、無用な刺激を与えないこと、無理強いしないことなどです。

パニックに慣れさせるためと称して、何年間にもわたり意図的にパニックを起こさせ、虐待まがいのことを繰り返していた教師集団がありましたが、そんなことでパニックが改善されるとは考えられません。

▼時間の流れが苦手

今から帰ったら何時頃家に着くか、目的地まで何時間かかるか、この仕事があとどのくらいで終わるかなどという、時間に関することが苦手です。

もともと、同時処理に比べ、継次処理の方が劣っているのです。時間の流れとともに覚えることが苦手で、記憶方式がビデオ式ではなく、写真式になっているために、一つひとつの場面は鮮明に覚えています。

遊びに行く康一に「暗くなる前に帰りなさい」と言っても、暗くなる前に帰ってきためしがありません。何時頃、暗くなるのかわからないのです。気がついたら暗くなり始めていて、家に着いた頃にはすでに真っ暗というのはよくあるケースです。そんな時は「六時までに帰れるように、五時半までには公園を出なさい」と具体的に教えなければわかりません。

やる順序が決まっているような用件を頼む時には、順番をつけて箇条書きにしたメモを渡すとか、流れ図を書いて説明することです。

▼先が読めない

車で走行中、何かあると窓を開けて「バカヤロー！」と怒鳴ることが何度もありました。トラブルになったらケンカになるかもしれないからやめなさいと言っても、理解できませんでした。

今までの経験や見たり聞いたりしたことを生かせず、想像力も弱いので、この行動がのちのちどのような結果をもたらすかというイメージを思い描くことができないのです。

また、先が読めないということは、予想を立てて行動することができない、将来に向けての備えができない、行き当たりばったりということです。子どもたちもいずれは自立することを考えれば、将来、生活設計や金銭的な面で支障をきたさないよう、自分の弱点を自覚し、先のことを考えながら生活する習慣を身につけさせることが必要です。

▼相手の気持ちがわからない

小学四年生の頃、通級指導教室の先生に怒られている時に、康一は怒っている先生の顔がおもしろいと言って笑い、先生を激怒させたことがありました。

中学三年生の頃、「相手の気持ちも考えなさい」という注意に対して、真剣に「気持ちって何だ？」と考え込んでいました。

高校二年生の冬、スキー靴を新調するということで、何でも高価なものを欲しがる康一に、あらかじめ釘をさして「値段じゃないよ。自分の足に合うかどうかが大事だよ」と言うと、康一は「そうか、足に合うのがいいんだ。三〇万円でも……」と真面目に言いました。

親の神経を逆なでするようなことを平気で言います。寅さんのセリフではありませんが

「それを言っちゃあおしまいよ」ということを本気で言ってしまうのです。これを言ったら、これをやったら相手は怒るだろうということが本当にわかっていないのです。そして、なぜ怒っているかということさえもわかっていないのです。その証拠に、親を怒らせておいて、ものの三分もしないうちに、何事もなかったかのように「あれが欲しい、これを買って」と言いに来るのです。

「気持ち」は実際に目で見ることができません。ということは、他人の「気持ち」を知るためには、人の行動や態度など目で見ることのできるものや、その場の空気や時間の流れなど目で見ることのできないもの、その他もろもろの状況を総合的に判断し、想像力を働かせて、予測を立てなければなりません。ところが、高機能自閉症児は肝心の想像力が弱いので、予測を立てられないのです。その結果、相手の気持ちがわからないのです。

これも前項同様、自分の弱点を把握し、常に「相手の気持ちはどうかな?」と考えながら行動する習慣を身につけることが大切だと思います。

▼融通がきかない

不登校の親の会に、中学生時の康一を連れて行ったことがあります。康一は終わりの時間を気にしていましたので、十二時には終わると伝えました。その十二時が刻々と近づいて来ましたが、新入会員のお母さんがご自分のお子さんの不登校について、泣きながら話をしていて、定刻に終わる気配はありません。会場内は重たい空気に包まれていました。とうとう十二時のチャイムが鳴ってしまいました。案の定、康一はガサガサとプリントをしまい、「よし、十二時だ」と言うと同時に膝を叩いて立ち上がり、遠慮する素振りもなく、堂々と部屋を出て行きました。

電車に乗ろうとしていた時のことです。その駅では整列乗車が決まりで、みんな印のついたところにきちんと四列で並んでいます。康一もその中にいました。電車が到着すると、列を乱すことなく整然と乗り込むのですが、その時、一人のおばさんが横入りをしました。

康一はそのおばさんの後ろにぴったりと立ち、耳元で「横入り」「横入り」と次の駅まで十分間、言い続けていました。そのおばさんはいたたまれず、降りて行きました。

高校では自転車通学でした。朝、みんなと一緒に下宿を出発するのですが、学校には康一が一人だけ遅く到着するというのです。マウンテンバイクの康一がなぜ、ママチャリのみんなより遅いのか、非常に不思議でした。ある時、その原因がわかりました。みんなは赤信号でも行ってしまうのに、康一だけは律儀に止まって信号が変わるのを待っているとのことでした。田舎の交差点、人や車はおろか、猫さえも通っていないというのに……。

自分が律儀にルールを守る分、違反者に対しては厳しく対応します。時には知らない人に対しても文句を言うことがあります。逆ギレする人も多い昨今、トラブルに巻き込まれやしないかと心配が絶えません。

また、一日の予定、一週間の予定などがはっきり決まっていないと不安なのです。予定の決まっていない時間には何をやったらいいのか、それを考えただけで不安になってしまうのです。

高機能自閉症児者から見れば、あいまいで、いい加減なままでも不安を感じないで生きていける人の方が、よっぽど不思議な存在なのかもしれません。

▼観点が違う

いわゆる、目のつけ所が違います。

小学生の頃、康一はテレビで大相撲を見ては大笑いをしていました。文字通り、腹を抱え床を転げ回っているのです。私にはなにがそんなにおかしいのかまったくわかりませんでした。それもそのはず、康一は相撲の取り組みではなく、行司が力士にぶつからないように、土俵上を逃げ回る姿を見ていたのです。行司が逃げそこない、力士もろとも土俵下に落ち、力士の下敷きになった時には、笑いすぎて呼吸ができなくなっていました。

康一は「五竜陣」という敵陣深く入り込んだ方が勝ちという対戦式ボードゲームに凝っ

ていた時期がありました。大人たちは、強豪と言われている人たちの研究のなかから生み出された〝矢倉〟とか〝内橋流〟などの攻守に優れた型に従って打っていましたが、康一は実戦のなかで独自に考えた、その人たちとは観点の違う戦法を使っていました。

康一が中学二年生の五月、全日本選手権大会が開催されました。順次、勝ち数の多い者同士が対戦するというスイス方式のリーグ戦でした。康一は大人に混じって五位になりました。最終結果を見ると、優勝者に勝ったのは康一だけでした。その一戦は康一の打つ手の真意を読み切れなかった相手が対応を誤り、たった十二手で勝敗が決まりました。その瞬間、試合会場にどよめきが走ったのを私ははっきり覚えています。同じ年の十二月、康一は関東大会のジュニアの部で優勝し、〝青竜位〟

を獲得しました。

次の年の秋、五竜陣では最強で最高位の竜王を決める、竜王戦の挑戦者決定リーグ戦でのことです。そのリーグは八人の総当たりで争われ、一位が竜王戦挑戦者になり、五位までがリーグ残留、六位以下はリーグ陥落になります。最後の一試合を残した時点で、私は勝てば残留、負ければ陥落という位置にいました。康一は前半は優勝かと思われるほど絶好調でしたが、後半戦で星を落とし、残念ながら挑戦者にはなれなかったものの、その時点で既に残留が決まっていました。そこでこともあろうに、最後の一試合は私と康一の親子対決という、まるでドラマのような展開になりました。もう、私が勝って残留は決まったようなものだと思っていました。なにしろ全日本で五本の指に入る康一のことです。黙っていても、素人目にもわかるような、故意に負けようとする見え見えの手などは打たずに、うまくやってくれるだろうと私は確信していました。

ところが康一は本気で私を負かしにきたのです。私は口には出せませんから、目でチラッ、チラッと康一に合図を送るのですが、まったく通じません。周りの目があるから露骨な手は打てないのだろう、そのうち何とかしてくれるのだろうと思っていましたが、結局、何事も起こらず私のリーグ陥落が決まりました。

帰路、康一に尋ねた私はやっとわかりました。康一にとっては親子も他人も関係なく、ただ、ゲームに勝つことがすべてだったのです。

§　悪意の有無

家庭や学校のなかで、失敗やいたずら、悪さを繰り返すことがあります。同じことを何度も繰り返すように見えますが、それが本当に「同じこと」なのかどうかということで指導の仕方は大きく違ってきます。

どういうことかというと、高機能自閉症児には認知過程の障害があり、そのために概念化ができないのです。概念化ができないということは、そのグループはどんな要素からできていて、どんな特徴があるのかということがわからないということです。例えば「今後、乱暴なことはしないこと！」と注意されても、「乱暴」とは具体的にどんなことなのか、思い浮かばないのです。そのために、とりあえず今回やったことはダメなのだろうということくらいしか理解できません。

それに対して、認知過程の障害がなかったり、ひとつの引き出しに関連した事象をすべて入れ、さらに引き出し同士の疎通もある記憶方式の子どもなら、「乱暴」と聞けば「人を殴る、蹴る、物を投げる、壊す、ガラスを割るなど諸々のこと」を思い浮かべ、今回やったこと以外のことでもやってはいけないと理解できるのです。

ですから、高機能自閉症児が今回やった行為が、過去に注意されたこととまったく同じかどうかということが、重要なポイントになってくるのです。

まったく同じなら「悪意があってやった」か、「前回の指導が有効でなかった」ということになります。

逆に、まったく同じことが繰り返されていないなら、「前回の指導が有効だった」ということになります。ただし、ここで注意しておきたいのは「相手が違うだけで、やっていることは同じじゃないか」と思うこともあるかもしれませんが、高機能自閉症児にとっては、相手が違えばそれはもう前回と同じではないのです。場所が違っても、時間が違っても、方法が違っても、道具が違っても、少しでも違えば、それだけで前回とは同じではないのです。

このような高機能自閉症児の指導の基本は、やってよいこと、やってはいけないことを具体的に教えるということです。怒ったり、怒鳴ったりするのではなく、知らないことを一つひとつ、しらみつぶしに教えることです。気の遠くなるような話ですが、よい経験をたくさん蓄積することによって、いつの日か認知過程の障害が目立たなくなることを信じて……。

§ 対応のポイント

ここで、対応のポイントを大まかにまとめておきます。

①**あるがままの姿を受け入れる**　自分を理解し、認め、受け入れてくれる人には心を開くと信じて。関わる人の人間性が問われている。

②**特効薬はない**　日々の生活のすべてを通して懇切丁寧に、いつの間にか身体の芯まで濡れそぼっていたという霧雨のような指導を心がける。

③**長い目で見る**　ある行為ができるかどうかは、その能力が備わっているかどうかに関わっている。身体が自然に成長するのと同じように、年齢とともに脳も自然に成長することを信じて。

④**個人差がある**　勉強やスポーツだけでなく、あいさつや仲間作りなど人間のやることにはすべて個人差がある。誰もができて当たり前というものはひとつもない。

⑤**できることを伸ばす**　将来、得意なこと、好きなことを武器として社会的自立ができることを視野に入れ、角を削って丸くするのではなく、肉づけをして一回り大きく丸くする。

⑥**押しつけに注意**　「〜でなければならない」ということが、その子の人生において絶対的に必要か。「常識」が価値観や人生観の押しつけになっていないか。枠に当てはめるのではなく、個性を伸ばす。

⑦**理解と共感が大切**　発達障害を理解していないピントはずれの指導は、やればやるほど子どもにとって迷惑。共感が大切であり、同情やなぐさめは逆効果。

⑧**学校は命がけで行くところではない**　学校は幸せをつかむ場、個性を伸ばす場、ましてや命を縮める場ではない。

また、具体的な対応の留意点としては、

①**いつも同じ態度で接する**　行動の基準がより明確になるように。

②**怒鳴ったり、たたいたりしない**　わからないこと、できないことは叱っても改善しない。根性論を持ち込まない。それは指導力がないことを証明しているようなもの。

③**感性に訴える**　本物を見たり、聴いたり、触れたり、食べたり、本人と会ったり、話したりして、自発性や向上心を導き出す。

④**具体的な指示を与える**　言葉を字面通りに受け取ってしまい、真意が伝わらないので、皮肉やいやみ、例え話を避ける。

⑤**刺激を減らす**　氾濫する情報のなかから自分にとって必要なものを取捨選択することが苦手なので、無用な刺激、不必要なスキンシップなどに気をつける。

⑥**全体像を提示する**　何をどうやればよいのか、どこまでやれば終わりなのか、何時頃帰れるのかなど、事前に具体的に教える。

⑦**周りの子どもを育てる**　いじめに発展しないよう、お互いの人格を認め、文化を尊重させる。人はそれぞれ発達過程や得意不得意が違うことを個性ととらえさせる。結果よりも努力を認め合うようにさせる。同じ風邪でも症状によって薬が違うように、対応は一律ではないことを理解させる。できない人、やらない人がいても、同調したり、流されたりせず、生き方の問題としてとらえ、自分ができることはしっかりとやらせる。

⑧**対応を後回しにしない**　発達障害は自然治癒することはないので、「もう少しようす

を見ましょう」では解決しない。解決のチャンスを失ったり、問題を大きくしてしまうこともある。

§専門医の受診と告知

読み書きが苦手、計算が苦手、何回注意されても同じ過ちを繰り返す、人の話の内容をつかめない、善悪の判断が甘い、常識が通用しないことが多い、ちょっとしたことでイライラする、自己中心的に見える、こだわりが強い、すぐに暴力を振るう、物に当たる、相手の気持ちがわからない、相手の立場や事情を理解できない、冗談や例え話がわからない、衝動性がある、落ち着きがない、授業中に立ち歩く、おしゃべりが止まらないなどということが、六か月以上にわたっていくつか該当するようであれば、早めに医療機関に足を運んでみるのがよいと思います。

子どもの成長に関して、特に母親は自分の育て方が悪かったのではないか、愛情が足りなかったのではないかと自分を責める傾向にあります。なかには、それによって、うつ状態になってしまったり、子育てから逃げてしまう人もいます。もし、障害の診断が出れば、子どもにとってもっともよい治療や教育の方策がたちます。母親にとっては自分を責めることから解放され、世間の非難や中傷に泣き寝入りする必要もなくなります。もし、障害の診断が出なくても、どれだけ障害に近いのか、その度合いがわかり、今後の接し方の参考になります。

LD、高機能自閉症、アスペルガー症候群などの発達障害は、個人内の能力の偏りが大きく、得意なことと苦手なこととの差がかなりあります。そのために、苦手なことに対して「ほかのことがあんなにできるのになにをやっているんだ。やる気がない。いい加減だ。さぼっている」などと誤解されることがよくあります。障害の線引きをどこにするかということは別として、誰にでも多かれ少なかれ能力の偏りはあるのです。障害の範囲には入らなくても、障害にごく近いところにいる人もいます。

健常者から見ると、障害は遠い存在と思うかもしれませんが、意外にも発達障害は親戚のなかで探せば一人はいるというくらい、誰にとっても身近な問題なのです。いずれにしても、障害の有無にかかわらず、生きていくうえで大切なことは、自分の能力や特徴をよく知り、弱い部分を自覚し、どうやって補って生活するかということです。「自覚」のないところには成長もないのです。

そこで、「告知」の問題が浮上してくるのです。

高機能自閉症やアスペルガー症候群の子どもたちは、いずれ自分がみんなと何かが、どこかが違うことに気づき始めます。みんなと同じようにやっていても、自分だけが上手にできないことに悩み始めます。自分だけがなぜ病院に行くのか、自分だけがなぜ通級指導教室に通っているのか、疑問を持ち始めます。そういうことに気づき、疑問を持つだけの知能がある分、対応もむずかしいのです。

本人への「告知」はむずかしい問題ですが、避けては通れない課題でもあります。いつ、どのような形で「告知」するかということを充分に検討しておくことが必要です。そして、子どもが自分の障害を正しく理解できるとともに、いかに前向きに生きられるように伝えるかということが大切なポイントです。「告知」により、自暴自棄になったり、その後の人生を悲観するようなことは絶対に避けなければなりません。

リスクをともなうことではありますが、やはり「告知」は必要だと思います。大人になってから初めて診察を受け、今までうまくいかなかったことの原因がようやくわかり、やっともやもやが晴れた、もっと早く自分のことを知りたかったという人もたくさんいます。

外見ではわからない、そのうえ、自覚症状もない高機能自閉症やアスペルガー症候群などの発達障害児者にとっては、告知は避けて通れない、たいへん重要な事柄です。なぜなら、自閉症スペクトラムの主症状のひとつである社会性やコミュニケーションの障害は、社会生活をおくるうえで大きなネックになっていて、それは「人の気持ちや立場、ルール、常識、その場の雰囲気、いやみ、比喩、例え話など、実際に目で確かめたり、手に取ってみることができないものは理解できない」ということに起因しているのですが、肝心の本人がそのことにまったくと言っていいほど気づいていないからです。社会性やコミュニケーションの障害を少しでも改善するためには、まず自分の弱い部分、できないことを自覚しなければなりません。そして自然に任せていたのでは気づかない点、考えが及ばない点に常に意識を働かせて生活する心構えを持たなければなりません。自覚のないところに改善はないのです。

§　特別支援教育

特別支援教育は一人ひとりの教育的ニーズに応じた指導の理念を、通常の学級に在籍している児童生徒にも広げようというものです。第一六四回通常国会に「特別支援教育を推進するための制度の在り方について」という中央教育審議会（中教審）の答申に基づいた特別支援教育に関する法案が提出され、平成十八年三月七日に可決、成立し、平成十九年度にはすべての公立小中学校において、特別支援教育が実施されることになりました。

平成の教育改革とでも言うべき今回の変更点の一番の目玉は、特殊教育から特別支援教育への移行です。いわゆる「ノーマライゼーション」の理念を教育にも取り入れようということです。隔離、収容から共生への転換です。障害の有無にかかわらず、誰もが相互に人格と個性を尊重し、支え合う共生社会の実現に向けて動き出します。

横浜市では通級指導教室という制度で十年以上前からごく一部の小中学校で取り組みがなされてきましたが、平成十九年度から全小中学校で実施することになりました。

「個に応じる」とか「一人ひとりに」と聞くと、甘いのではないか、過保護ではないか、もっと厳しくした方がいいのではないかと感じる人がいるかもしれません。確かにできることまでやってあげるのは過保護でしょう。しかし、できないことを手助けするのは援助です。

特別支援教育は今まで特別な教育的支援の必要性に気づかれず、本人の努力が足りない、保護者のしつけが悪いと思われてきたLD、ADHD、高機能自閉症、アスペルガー症候群の児童生徒にも光を当て、救いの手を差しのべようという援助の発想からスタートしています。いよいよ、既製服の教育からオーダーメイドの教育へと、一歩ずつ近づいてきたということでしょうか。

そこでもっとも必要とされることは、教師の考え方の転換です。ところが現実は、研修会でLD、ADHD、高機能自閉症、アスペルガー症候群に関することを聞いて、「うん、うん、そうか」とうなずいていながら、学校では「でも、うちのクラスのA君やBさんは、あれは絶対に親のしつけが悪いからだ」となってしまいがちです。

文部科学省が平成十四年に調査し、十五年三月に公表した資料では、特別支援教育の対象として考えられる児童生徒が通常の学級に六・三％存在しているという結果が出ています。これは「本人の努力不足や親のしつけが悪い」と思われている児童生徒が、実はＬＤ、ＡＤＨＤ、高機能自閉症、アスペルガー症候群である可能性が非常に高いということを意味しています。なにはともあれ、教師にはそこを早く理解してほしいのです。

高機能自閉症やアスペルガー症候群がまだＬＤと呼ばれていた頃の当事者の親たちが、「ＬＤ児にも教育的支援を！」と叫び始めてから十数年、やっと現実のものになろうとしています。その間、学校との闘い、社会との闘い、常識との闘い、既成概念との闘いなど、いろいろなことがあっただけに感慨もひとしおです。ＬＤという障害の存在すら認めてもらえず、親のしつけが悪いと責められ続けた当時、「十年後には私たちの主張が正しかったということが理解されます」とよく言っていましたが、やっとその通りになりそうです。

制度の変更にともない、今までと大きく変わる点がいくつかあります。まず、障害種別で分けられていた盲・ろう・養護学校が一本化され、障害種別を超えた特別支援学校になります。そして、その特別支援学校はセンター的機能を発揮して、小中学校等の教員への支援や特別支援教育などに関する相談・情報提供、障害のある幼児児童生徒への指導・支援をするというのです。ところが、今までの養護学校は知的障害のある児童生徒が対象で、新たに特別支援教育の対象となるLD、ADHD、高機能自閉症等のいわゆる発達障害児についてはは知的障害がないので、制度上、在籍していないはずですから、直接に指導した経験もないはずです。そのような状況ではたしてセンター的機能を本当に発揮できるのか、疑問に感じるところです。

また、小中学校では固定式の特殊学級（横浜市では個別支援学級と呼んでいます）が廃止され、全員が通常の学級に在籍することになります。そして通常の学級では、教員の適切な配慮やひとつの教室に教員が複数配置されるティームティーチング、個別指導、学習内容の習熟に応じた指導などの支援が行われます。それらの支援だけでは不充分だという場合には、すべての小中学校に設置される特別支援教室に通級することになります。

ただ、この特別支援教室にも問題点はあります。

一点目は、通常の学級に在籍する児童生徒が、授業時間中に特別支援教室で下学年の学習をすることは、教育課程の関係から違法になるということです。特殊学級に在籍する児童生徒には特別の教育課程が認められていますが、通常の学級に在籍する児童生徒にはそれは認められていないというのがその根拠です。

この問題については特別支援教育がスタートした時点ですでに一部の人たちが指摘して

いました。しかし、法的に対処しようという動きは見られませんでした。過去から現在に至るまで、多くの教師たちは、時間外の超過勤務に対して残業手当が支給されないことや公務の出張経費等が自腹になることなど、納得のいかないこと、腑に落ちないことがあっても、子どもたちにとってよかれと思うことには無償の愛をもってやってきました。文部科学省はそれをあてにして、今回も教師たちは子どもたちのためにやってくれるだろうと高をくくっていたのかもしれません。

ところが、この問題がクローズアップされ始めると、それに反比例するかのように、特別支援教室での取り出し授業の話はトーンダウンしてきました。

これはとりもなおさず、すべての児童生徒が通常の学級に在籍し、そのうえで、特別な支援を必要とする児童生徒が、必要に応じて特別支援教室で学習するという、特別支援教育の構想が根底から成り立たないということを意味しているのです。

二点目として、評価評定の問題があります。例えば、特別支援教室で学習するために、通常の学級で週一時間しかない音楽の授業を受けられなかった場合、その補償をどうするのか、そして評価評定をどうするのかということです。

特別支援教育の完全実施に向けては、まだまだほかにも解決しなければならない課題が山積していると思いますが、教育、医療、心理、福祉、行政など、関係する人たちが知恵を出し合って、一日でも早く発達障害のある子どもたちのために有意義かつ有益な教育システムを作り出さなければなりません。

ところで、新しい制度を作っても、それが有効に機能するかどうかは、それを動かす人間にかかっています。どんなに入念に考えられたシステムであっても、それを運用する当事者がその考え方を理解していなければ、その良さは充分に生かされません。

特別支援教育がＬＤ児、ＡＤＨＤ児、高機能自閉症児などにとって本当に良い制度になるためには、それにかかわる教師が古い考え方から脱却することが必要不可欠なのです。今まさに、教師自身の児童観、生徒観、人間観、さらには人生観のコペルニクス的転回が求められていると言っても過言ではありません。

また、今まで気づかれなかった障害のある児童生徒にも教育的支援の手を差し伸べようという観点で、鳴り物入りでスタートした特別支援教育の構想が、いつの間にかその「特別支援教育」という美名を隠れ蓑に、小中学校からの障害児の排除や教育公務員削減のための道具として政治的に悪用されないよう、みんなでよくよく注意する必要があると思います。

§人間は生きているだけですばらしい

自分という人間は、世界中探しても自分一人しか存在しない、なににもまして価値の高いものです。だからこそ、この世に存在していること自体に意義があり、この世に存在していること自体に価値があるのです。だからこそ、いのちはかけがえのないものなのです。そして、同じように他人のいのちもかけがえのないものです。

「人間は生きているだけですばらしい」ということが実感できる人にとっては、「生きている」ということが唯一大事なことであって、勉強ができるできない、スポーツが得意不得意、歌が上手下手などということは、たいした問題ではないのでしょう。

ところが、人間はとかく欲の皮の突っ張った動物のようで、ひとつ手に入れると、すぐに次のものが欲しくなります。子どもが自分で次の目標や夢を求めるのは大いに望ましいことですが、親の勝手な思い込みで、あれやこれやと期待したり、要求したりするのは考えものです。

そうです。我が子が生まれる時、ただただ無事に生まれることだけを願い、祈ったはずなのに……。

とは言うものの、やはり親としては、将来的には子どもに自立してほしいと思います。

しかし、子どもの自立を願う反面、子どもがいくつになっても心配であり、離れて行くのはさびしいものです。おそらく、それが親心というものなのでしょう。

自立とは「自分の人生を自分で引き受ける」ことです。ということは、親としては「子どもの人生は子どもに任せる」ことが子離れということになるのでしょう。

また、「生きている」という事実は、ほかの誰かに生きる希望を与えていることでもあります。生きる支えになっているのです。それだけでも存在価値は充分にあるのです。勉強ができるできないとか、スポーツが得意不得意とか、歌が上手下手とか、そんなことに一喜一憂する前に、もっともっと生きている、この世に存在しているという事実に感謝しようではありませんか。

人間は生きているだけですばらしい。これが発達障害児を育てる親の原点であると私は確信しています。

【参考文献】
日本自閉症スペクトラム学会（2005）／自閉症スペクトラム児・者の理解と支援　教育出版
上野景子、上野健一（1999）／ボクもクレヨンしんちゃん　教育史料出版会
上野健一（2004〜2007）／人権通信「ひとりごと」　横浜市立永田中学校

あとがきにかえて

今回は親子三人での共著になりました。最後まで読んでいただいたみなさまに心より感謝申し上げます。ありがとうございました。

「来た道、行く道」とはよく言われますが、今息子と歩んだ二四年間を振り返ってみるとあっという間で、走馬灯のようにその時々のことが浮かんできます。当時はつらくて、苦しくて、生きていくのもやっとという私でしたが、今はどれも楽しい思い出になっています。時の流れはすごいものだと思います。

その「時の流れ」のなかで、私たち家族はほんとうによい人たちに出会ってきました。あの時、あの人と会わなければ、今頃どうなっていたかと思うと、その方々一人ひとりに感謝の気持ちでいっぱいです。

また、私が自慢できることは、いつも家族が団結してきたということでしょうか。今までに出版した拙書を読まれた方はおわかりと思いますが、家族間でいろいろなバトルはありましたけれど、いざという時は三人で話し合って乗り越えてきたと思います。

今回の本は高機能自閉症の息子の手記がメインです。親の私も原稿を読んで初めて知った話がたくさんありました。親子だからこそ言える話、親子だからこそ言えない話、それを編集者の方が引き出してくれました。

息子が発達障害であるとわかった十七年前と違い、現在は発達障害への理解と支援は広がっているように思いますが、まだまだ壁は厚いと思います。それを打ち破るためには、私たちが発達障害者の文化に入っていくことです。一年ほど前、出版社から「康ちゃん、本を書いてみない？」と声をかけられました。はたして康一にまともな文章が書けるのかと、最初はとまどいましたが、当事者の生の姿や考え方、生き方をできるだけストレートに伝えることができたら、さらに理解が深まるのではないかと思い、引き受けることにしました。

康一も今ではたくさんの人の前で、自分の生き方を発表する時もあります。社会的マイノリティの人たちが自分の意見を述べ、その生の声に耳を傾ける人がもっともっと増えたら、誰もが生きやすい世の中になるのではないでしょうか。

しかし、人生はおもしろいですね。野越え山越えの先に思わぬドラマが待っています。

そして、私からのメッセージです。どうぞこれからも生きていってください。生きていることそれ自体に人間は価値があるのですから。

最後になりましたが、玉井邦夫先生には、康一が中学生の頃からお世話になり、「のびのび会」の講演会の講師もしていただきました。今回、「まえがき」をお願いしたところ、ご多忙中にもかかわらず快くお引き受けいただきました。そして、発達障害に関して、私たち当事者や関係者が常日頃感じていながらも上手に言い表すことができずに悶々としていた事柄を、まえがきという狭いスペースにも関わらず、見事に理路整然と述べていただきました。「これを言いたかったんだ!」溜飲が下がるとは、まさにこのことでしょう。ありがとうございました。心より感謝いたします。

今回も東京シューレ出版の小野さん、須永さんにはお世話になりました。ありがとうございました。

上野景子

上野康一（うえのこういち・仮名）

1987年、神奈川県横浜市に生まれる。中学校はほとんど不登校、北海道の北星学園余市高等学校卒業、琉球リハビリテーション学院中退、自転車店のアルバイトを経て、現在、造船会社に勤務。

上野景子（うえのけいこ）

1959年、神奈川県横浜市に生まれる。1981年より小学校教諭として勤務。1987年、退職。2002年より臨時的任用教諭、非常勤講師として勤務。各地で高機能自閉症啓発のための講演活動を続け、現在に至る。1994年より、LD児理解推進グループ『のびのび会』会長。2003年より、日本自閉症スペクトラム学会正会員。2005年、自閉症スペクトラム支援士の資格を取得。

上野健一（うえのけんいち）

1954年、東京都杉並区に生まれる。1980年より中学校教諭として勤務。現在、個別支援学級担任。1994年よりLD児理解推進グループ『のびのび会』事務局長。2003年より日本自閉症スペクトラム学会正会員。2005年、自閉症スペクトラム支援士の資格を取得。

【著書】上野景子・上野健一著「ボクもクレヨンしんちゃん」（教育史料出版会1999年）、「わらって話せる、いまだから」（小社2008年）

発達障害なんのその、それが僕の生きる道

2011年 6月30日　初版発行

著　者◉上野康一・上野景子・上野健一
発行者◉小野利和
発行所◉東京シューレ出版
〒162-0065　東京都新宿区住吉町8-5
電話／FAX　03（5360）3770
Email ／ info@mediashure.com
Web ／ http://mediashure.com

印刷／製本◉モリモト印刷株式会社

定価はカバーに表示してあります
ISBN978-4-903192-17-8 C0036